Elisabeth Manno

Am Himmelstor: Kein Zutritt für Scheinheilige

AF220553

Jakob glaubt, nach seinem vermeintlich untadeligen Leben ein Recht auf einen Platz im Himmel zu haben. Doch irren ist menschlich, sogar im Jenseits.

Aber auch der diesseitige Alltag ist nicht ohne Tücken, sondern konfrontiert die Menschen immer wieder mit erstaunlichen Erkenntnissen.

Elisabeth Manno, geboren 1951 in Süddeutschland, lebt heute in Dänemark. Nach ihrem Berufsleben als Französisch- und Englischlehrerin wandte sie sich dem Schreiben zu. 2014 erschien ihr Roman "Kaffee, Klatsch und Klartext".

Elisabeth Manno

Am Himmelstor: Kein Zutritt für Scheinheilige

Geschichten vom Alltagswahnsinn

Bibliografische Information der Deutschen Nationalbibliothek:
Die Deutsche Nationalbibliothek verzeichnet diese Publikation in der
Deutschen Nationalbibliografie; detaillierte bibliografische Daten
sind im Internet über http://dnb.dnb.de abrufbar.

Umschlaggestaltung: Armin Manno

Herstellung und Verlag: BoD – Books on Demand, Norderstedt

ISBN: 978-3-7557-6860-9

Inhalt

Menschen mit Marotten

DER ACHTUNDSECHZIGER

Jeder konnte sofort erkennen, wo der Achtundsechziger wohnte. Man brauchte sich nur die Gärten in der ruhigen Vorstadtstraße anzuschauen, dann war alles klar. Im Finkenweg Nr. 19 hauste ein Mensch, der ein eher entspanntes Verhältnis zur Gartenarbeit hatte – und zu vielen anderen Dingen des täglichen Lebens ebenfalls.

Als er dort einzog, nachdem das nette kleine Haus aus Altersgründen den Besitzer wechseln musste, dauerte es nicht lange und die Nachbarn – allesamt Beamte im Ruhestand – verpassten ihm seinen Namen. Der Achtundsechziger, das hatte weniger mit seinem tatsächlichen biologischen Lebensalter zu tun, sondern eher mit dem Lebensgefühl der Generation, die für die 68er-Revolution verantwortlich war und deren Protest gegen die etablierten Älteren sich sichtbar im ungepflegten Aussehen, langen Haaren und Schlabberklamotten äußerte. Für die meisten Vertreter dieser Spezies war die 68er-Bewegung eine Phase ihres Lebens gewesen, aus der sie irgendwann herauswuchsen – in der Regel nach Beendigung ihres Studiums – wenn die Rettung der Welt plötzlich zugunsten der eigenen Karriere in den Hintergrund trat. Dann wurde zielstrebig das eigene Kapital eher verteidigt als das von Karl Marx. Es wurden Familien gegründet und Häuser gebaut. Man duschte und rasierte sich täglich, band sich eine Krawatte um, und am Samstag wurde der Wagen gewaschen und der Rasenmäher bewegt.

Im Finkenweg war das jedenfalls immer so und würde auch so bleiben. Das war man sich und der erreichten sozialen Position schuldig. Die Häuser wurden eifrig in Ordnung gehalten, bei Bedarf auch neu verputzt, und die Gartengestaltung war immer wieder ein willkommener Anlass, mit den Nachbarn in den Wettstreit zu treten.

In diese Idylle platzte nun der Achtundsechzigermit seiner Lebensabschnittsbegleiterin. Der hinter frisch gestärkten Spitzenvorhängen aufmerksam beäugte Einzug fiel in den Frühling. Die Nachbarn in Nr. 17 und 21 waren froh, dass die Nummer 19 wieder bewohnt werden würde, denn es bestand allmählich Handlungsbedarf in Sachen Unkrautbekämpfung und Rasenpflege. Man ließ den neuen Bewohnern anständigerweise ein bisschen Zeit, bis die IKEA-Möbel wieder aufgebaut und die Kisten mit den selbstgestrickten Pullovern und den vielen Büchern ausgeräumt waren. Aber dann sollte doch bitteschön wieder Ordnung in den Garten gebracht werden, dessen voriger Besitzer sich auf den Friedhof davongemacht hatte, ohne die Gartenbetreuung vorher nachhaltig geregelt zu haben.

In der Tat verbrachten die Neuen von Anfang an ziemlich viel Zeit im Garten. Kaum war der Möbelwagen am Horizont verschwunden, standen auch schon zwei Liegestühle unter dem herrlich blühenden Apfelbaum. Dort verbrachten die Zugezogenen viele müßige Stunden und ließen der Natur ihren Lauf.

Sie hatten die Versprechen, die sie dem Planeten Erde vor etlichen Jahrzehnten gegeben hatten, nicht vergessen: Keinem Hälmchen wurde ein Leid angetan und so mörderische Gerätschaften wie Rasenmäher oder Hacke und Spaten hatten in ihrem ehrlich erworbenen Paradies nichts zu suchen. Obwohl Nr. 17 Prospekte des örtlichen Bau- und Gartenmarktes in den Briefkasten warf und Nr. 21 sogar anbot, seine Heckenschere und seinen Rasenmäher auszuleihen, zogen die Neuen es vor, von ihren Liegestühlen aus dem hektischen Treiben um sich herum freundlich und gelassen zuzusehen.

Der Unmut wuchs. Nr. 17 und 21 organisierten konspirative Treffen mit Nr. 18 von gegenüber, denen sich auch der an den hinteren Gartenteil angrenzende Nachbar vom Amselweg anschloss. Das Ziel war klar, aber der Weg steinig und dornig und von Brennnesseln gesäumt. Wie soll man einen Menschen mit harten Worten angreifen, der immer nur entspannt und mit einem freundlichen Lächeln im Gesicht auf die Leute zuging und giftige Bemerkungen anscheinend nicht zur Kenntnis nehmen wollte? Der Mann war eben durch seine langen Jahre in der Friedensbewegung deutlich im Vorteil. Er entzog sich dem fairen Kampf ganz einfach, indem er sich sogar dazu verstieg, die Nachbarn ringsum zu einem Gartenfest einzuladen. Was soll man denn da noch machen?

Ein weiteres konspiratives Treffen war nötig, um zu entscheiden: Sollte man der Einladung Folge leisten und dadurch sein Recht auf ehrbare Entrüstung verspielen? Oder sollte man dem hergelaufenen Pack mit kaltem Schulterschluss zeigen, wo der Hammer hängt und die Gartengeräte stehen? Sollte man die Integrationsbemühungen dieser Fremdlinge unterstützen und womöglich mitten zwischen Disteln und Brennnesseln so abartige Dinge wie Löwenzahnsalat essen? Und was würde es sonst noch geben? Tofuwürstchen vielleicht? Womöglich war der Typ auch noch Vegetarier und Antialkoholiker. Nr. 21 gab zu bedenken, dass diese Einladung eine einmalige Chance war, mehr über die komischen Vögel herauszufinden, und sprach sich dafür aus hinzugehen. Nr. 17 lehnte es ab, seine rechtschaffene Ehrbarkeit zu kompromittieren, indem er sich mit solchem Pack gemeinmachte. Die Frau von Nr. 17 hätte zwar liebend gerne ihre angeborene Neugier befriedigt, würde aber unter diesen Umständen vermutlich zu Hause bleiben müssen und das Treiben wie üblich durch eine gut getarnte Lücke in der akkurat gestutzten Ligusterhecke beobachten.

Der Achtundsechziger stürzte sich in die Vorbereitungen. Da er konsequenterweise zum Schutz des Planeten kein Auto hatte, wurden mehrere Fahrten mit dem Fahrrad zum Markt und sogar zum örtlichen Supermarkt fällig. Mit Erleichterung konstatierten die Nachbarn, dass er in seinem Fahrradanhänger mehrere Kästen Bier herbei karrte. Auch konnte man aus den oberen Stockwerken sehen, wie auf der Terrasse ein Grill aufgebaut wurde. Man würde sich also nicht vorsichtshalber daheim schon mal satt essen müssen.

Der bewusste Abend nahte mit optimalen meteorologischen Bedingungen: Kein Wölkchen am Himmel und eine Temperatur, bei der man auch zu später Stunde noch sorglos im Garten sitzen konnte. Diese Umweltschützer hatten offenbar gute Verbindungen zumindest zum Wettergott.

Die Gäste wurden mit einem Glas Sekt begrüßt, der Grill war angeheizt, Schüsseln mit bunten Salaten und Körbe mit selbstgebackenem Brot standen auf einem wackligen Tisch. Die Abendsonne warf ein gnädiges

Licht auf die ungebändigte Pflanzenvielfalt, und die freundliche Fürsorglichkeit der Gastgeber sorgte dafür, dass bei den Nachbarn ein unerwartetes Wohlgefühl eintrat, mit dem keiner so richtig gerechnet hatte. Nach dem dritten Glas mit anregenden geistvollen Getränken und ebensolchen Gesprächen fand auch der hartgesottenste Gartenspießer, dass Disteln schön blühen, wenn man ihnen Zeit dazu lässt, und dass eine Blumenwiese durchaus mit einem englischen Rasen konkurrieren kann.

Die Frau von Nr. 17 hatte an ihrem Ausguck an der Hecke schwer damit zu tun, ihre neidvollen Gedanken zu ertragen. Sie fühlte sich aus dem Paradies ausgeschlossen und nahm dies ihrem Mann übel, der den Abend in seinem Hobbykeller verbrachte. Aber da sie eine Frau der Tat war, richtete sie ihre Energie darauf, wie sie aus der derzeitigen Isolation entkommen könnte, und plante nun ihrerseits ein Gartenfest. Sie hatte ja jetzt lange genug gesehen, wie einfach und zwanglos so etwas sein konnte. Sie musste dann nur noch vorher ihren Mann davon überzeugen, das Verbot, den Rasen zu betreten, vorübergehend oder auch dauerhaft aufzuheben. Vielleicht würden sie beide ja dann doch noch eine zweite Chance zur Integration bekommen.

AUSFLUG MIT HORST

Der schöne sommerliche Sonntag schrie förmlich nach einem Ausflug zu den Schönheiten der Natur. Suse machte sich schon mal auf was gefasst. Ein Ausflug mit Horst brauchte gewaltigen Vorlauf. Horst war nämlich immer gerne für alle Eventualitäten gerüstet. Allein schon die unzähligen Wettervarianten in unseren Breiten erforderten umfangreiche strategische Planung.

An sich hatte Suse nichts gegen eine Fahrt ins Grüne oder auch ins Blaue. Sie konnte sich gut vorstellen, sich zuerst ein bisschen die Beine zu vertreten, um dann zu gegebener Zeit in einem idyllisch gelegenen Ausflugslokal oder in einem Café mit Aussicht ein paar Köstlichkeiten zu sich zu nehmen. Doch leider war Horsts Kommentar zu derartigen Vorschlägen seit 40 Jahren immer derselbe: „Das können wir auch noch machen, wenn wir mal alt sind." Suses vorsichtige Andeutung, dass man mit 70 Jahren allmählich alt genug war, um auch mal ganz normal an einem Tisch mit Messer und Gabel essen zu dürfen, tat er als typisch weibliche Marotte ab. Und außerdem, was wäre, wenn sie unterwegs kein Lokal finden würden? Für so etwas musste man doch gerüstet sein.

Also füllte sie brav die Thermoskanne mit frisch gebrühtem Kaffee, kochte Eier, schmierte und belegte Brote, die problemlos auch eine kinderreiche Familie satt machen würden, und packte alles zusammen mit Wasserflaschen für drei Tage und einer Picknickdecke in den Rucksack. Nicht zu vergessen die Notfall-Schokolade für eventuelle Schwächean-fälle oder längere Perioden ohne geregelte Nahrungs-zufuhr.

Horst kramte derweil nach Wanderkarten. Draußen herrschte eine Temperatur von 25 Grad, die einem stabilen Hoch zu verdanken waren. Trotzdem kamen in einen zwei-ten Rucksack Regenhosen, Anoraks, Pullover und Sweats-hirts. Außerdem für jeden ein Paar warme Socken und Hand-schuhe. Horst wollte sich aber auch durch gar nichts von seinem einmal gefassten Plan einer Wanderung mit Picknick abbringen lassen, nicht von wolkenbruchartigen Regenfällen und auch nicht von einem plötzlichen Temperatursturz Rich-tung Null mitten im Juli.

Dann konnte es ja losgehen. Aber nein – nach einem kriti-schen Blick auf Suses durchaus sportliches Outfit schimpfte Horst: „Mit diesen Schuhen nehme ich dich nicht mit."

Eigentlich hatte Suse Lust zu sagen: „Dann bleibe ich eben hier!" Aber da sie trotz allem ihre Ehe mit Horst nicht grund-sätzlich und auch nicht sofort beenden wollte, fügte sie sich und tauschte ihre Wandersandalen gegen die schweren knö-chelhohen Wanderstiefel. Wer weiß, dachte sie, vielleicht hat es ja über Nacht in den Fröruper Bergen einen Erdrutsch gegeben, der alle Wanderwege unter sich begraben hat.

Nachdem das Auto beladen war – es war mittlerweile 11 Uhr – kam die schwierige Aufgabe, das Haus ordnungs-gemäß für die immerhin mehrstündige Abwesenheit zu si-chern. Alle Fenster mussten natürlich zu sein, die Terrassen-polster zum Schutz vor Nachbars Katze hereingeholt und die Außentüren gewissenhaft abgeschlossen werden. Und schon konnte es losgehen.

Nach 5 km kamen Horst die ersten Zweifel: „Hast du das Fenster in der Gästetoilette zugemacht?" fragte er seine Frau. „Ich glaube schon", gab sie zur Antwort.

„Glaubst du oder weißt du?" Jetzt wollte Horst es dann doch etwas genauer wissen.

„Jaja", beruhigte sie ihn. „Das war doch heute noch gar nicht auf."

Bei Kilometer 8 wurde der arme Mann von der nächsten Sorge geplagt: „Ist der Herd ausgeschaltet?"

„Ja natürlich, den drehe ich doch immer ab, wenn ich fertig bin."

Nach weiteren 2 km ein neues Drama: „Kannst du mal in meiner Jacke nachsehen, ob da der Garagenschlüssel drin ist?"

Suse verrenkte sich das Kreuz, um an Horsts beige Wanderjacke auf dem Rücksitz zu kommen. Nachdem sie alle Taschen durchwühlt hatte, meldete sie: „Da ist kein Schlüssel."

„Du meine Güte, dann steckt der womöglich. Wir müssen sofort umdrehen."

„Jetzt spinn mal nicht rum. Da ist doch nichts drin."

„Doch, die Winterreifen."

Suse lachte prustend los. „Wer wird denn jetzt mitten im Sommer deine ollen Winterreifen klauen?"

„Du hast gut reden. Alles wird geklaut. Hast du überhaupt eine Ahnung, was diese Reifen gekostet haben? Außerdem bin ich mir gar nicht sicher, ob ich den Haustürschlüssel auch zweimal umgedreht habe. Wir fahren jetzt zurück und überprüfen das."

Suse kochte, und das nicht nur, weil sie in ihren Wanderstiefeln schwitzte. Aber dann fuhr Horst auch noch in die falsche Straße. „Wo willst du denn jetzt hin?" wollte sie wissen.

„Halt du dich da raus", fuhr er sie an. „Die Nachbarn brauchen das nicht mitzukriegen, dass wir nochmal zurückgefahren sind. Und wenn jemand vorbeikommt, den wir kennen, duckst du dich, damit man dich nicht erkennt."

Horst schlüpfte unauffällig durch eine Lücke in der Hecke in seinen eigenen Garten. Zuerst schloss er die Garage ordentlich ab, dann huschte er zur Haustür. Die war zwar abgeschlossen, aber er musste, wo er nun mal schon da war, doch noch ins Haus. So konnte er sich wenigstens mit eigenen Augen überzeugen, ob der Herd wirklich aus war. Und um die Gästetoilette würde er sich auch noch kümmern. Auf Suse war ja in Sachen Sicherheit doch kein Verlass.

Zuerst zog er die Vorhänge im Wohnzimmer zu. Er mochte diese tropischen Temperaturen nicht. Die Goldfische waren auch noch nicht gefüttert. Das hatte er bei dem überstürzten Aufbruch doch glatt vergessen. Womöglich hatte Suse auch die Blumen nicht gegossen, und das bei dieser tierischen Hitze. War die Heizung etwa noch an? Er ging in den Keller, um auch das noch mal eben zu überprüfen.

Während Horst dabei war, sein Hab und Gut zu schützen, fragte Suse sich: „Was tut er bloß so lange da drin?" Zweimal waren Passanten vorbeigekommen, vor denen sie sich weisungsgemäß weggeduckt hatte, als würde sie im Fußraum des Autos etwas suchen. Aber dann tauchte ihre Freundin Carola auf. Jetzt war es ihr endgültig zu blöd, auf Tauchstation zu gehen. Carola hätte sowieso reingeschaut. Schließlich kannte sie ihr Auto.

„Hallo Suse, was tust du denn hier?" klang es fröhlich.

„Ich warte auf Horst."

„Wo ist der denn?"

„Zu Hause. Und bevor du jetzt noch fragst, was er da macht: Er verjagt die Einbrecher, die gerade unsere Winterreifen klauen." Suse stieg aus dem stickigen Auto aus und klagte Carola ihr Leid in aller Ausführlichkeit.

Inzwischen hatte Horst auch im Keller noch dieses und jenes erledigt – Kellerfenster und Kühltruhe auf Geschlossenheit überprüft, Wein- und Biervorräte kontrolliert und dergleichen mehr. Als er nach geraumer Zeit die Kellertreppe wieder hoch kam, stellte er zu seinem abgrundtiefen Entsetzen fest, dass sich offensichtlich jemand an der Haustür zu schaffen machte – und das auch noch mit Erfolg, denn die Tür öffnete sich einen Spalt. Hastig ergriff er einen Regenschirm zu seiner Verteidigung, als eine Stimme rief: „Achtung, hier ist die Polizei! Wir kommen jetzt ins Haus."

Bevor er noch denken konnte: "Die werden immer frecher, die Verbrecher!" schwang die Tür auf, und eine uniformierte Gestalt mit Dienstpistole im Anschlag stand dem Mann mit gezücktem Regenschirm gegenüber, dahinter sein Nachbar Norbert, der ihn entgeistert ansah und rief:

„Mensch, Horst, was tust du denn hier?"

„Ich wohne hier", stammelte Horst. „Aber… warum denn die Polizei?"

„Die hab ich gerufen, weil ich eine Gestalt um euer Haus hab rumschleichen sehen, kurz nachdem ihr weggefahren wart. Und als dann noch plötzlich die Vorhänge vorgezogen wurden, hab ich gedacht, da sind Einbrecher am Werk."

Der Polizist steckte seine Pistole wieder ein und fragte Norbert: „Können Sie diesen Mann zweifelsfrei als den Besitzer dieser Immobilie identifizieren?"

„Ja, sicher", gab Norbert zu. „Das ist mein Nachbar Horst Müller. Aber", damit wandte er sich Horst zu, „du musst schon zugeben, dass du dich sehr verdächtig benommen hast."

Der Polizist rief seinen Kollegen zurück, der sich an der Terrassentür postiert hatte, um dem Einbrecher den Fluchtweg abzuschneiden. „Entwarnung, wir können den Einsatz beenden."

Und an Norbert gewandt: „Vielleicht sollten Sie sich eine stärkere Brille verschreiben lassen."

Eine Straße weiter sagte Carola zu Suse: „Schau mal, da fährt jetzt schon zum zweiten Mal ein Streifenwagen vorbei. Das musst du Horst erzählen, da fühlt er sich doch sicher gut beschützt."

VIER RÄDER UND EIN HALLELUJA

Elfie und Paul hatten jeder einen ehrlich erworbenen Führerschein und zusammen ein gemeinsames Auto. Vor langer
Zeit, bevor Elfie und Paul ein Paar wurden, war Elfie sogar
jahrelang stolze Besitzerin eines eigenen Kleinwagens gewesen, der sie treu und zuverlässig überall hin brachte und den
sie souverän in die kleinste Parklücke manövrierte, ohne
allzu oft in zu engen Kontakt mit Bäumen, Straßenlaternen
oder anderen Verkehrsteilnehmern zu kommen. Irgendwann
beschloss Paul, dass es doch viel umweltfreundlicher und
bestimmt auch viel billiger wäre, nur noch ein Auto zu behalten – natürlich seines, denn das war ja viel größer und für die
geplante und demnächst zu gründende Familie praktischer.
Elfie war noch zu unerfahren, um diesem Vorschlag treffende
Argumente entgegenzusetzen, und bevor sie sich versah, war
sie zur Teilhaberin an Pauls Auto degradiert, zu einer sehr
untergeordneten Teilhaberin allerdings. Nennen wir dies
doch einfach mal ein unausgewogenes Carsharing-Modell.

Paul fuhr täglich mit dem Auto zur Arbeit. Elfie brauchte
als Nur-Hausfrau kein Auto, denn die Kinderjahre ihres
Nachwuchses lagen noch in einer Zeit, als auch kleine Kinder
durchaus in der Lage waren, auf ihren eigenen strammen
Beinchen zum Kindergarten und zur Schule zu gelangen. Mit
dem Auto fuhr sie nur noch, wenn mal ein Großeinkauf fällig
war. Selbst Paul verlangte nicht, dass sie die Bierkästen auf
dem Fahrrad nach Hause transportierte. Immerhin kam sie

dadurch nicht ganz aus der Übung. Als die Kinder größer wurden und sie wieder in ihren Beruf einstieg, lernte sie den öffentlichen Personennahverkehr schätzen. Der Gedanke, wieder ein eigenes Auto zu haben, kam ihr zwar gelegentlich, aber so wichtig war das dann auch wieder nicht.

Mittlerweile war sie zu einer versierten Beifahrerin geworden. Alles was der Herr und Meister am Steuer brauchte, wurde ihm prompt angereicht: Kekse, Schokolade, Taschentücher, Getränke usw. Sie konnte Straßenkarten lesen wie ein Profi und stritt sich in späteren Jahren mit der Dame aus dem Navigationsgerät herum, was zu so mancher Ehekrise führte, bis Paul endlich begriff, dass seine Angetraute öfter Recht hatte als die Konkurrentin aus dem Navi. Traumhafte Verhältnisse, könnte man fast meinen.

Bis auf die Gelegenheiten, wenn die beiden ihre Plätze und damit ihre Rollen tauschten. Was Paul betraf, gab er seinen Fahrzeugführungsanspruch nur auf, wenn es gar nicht anders ging, z. B. weil er eindeutig über der Promillegrenze war, um nicht zu sagen sturzbesoffen. Dann war Elfie gut genug, ihn kutschieren zu dürfen, allerdings nie so gut, dass Pauls Gefühle in Dankbarkeit ausarteten. Es sei denn, man wertete seine Ratschläge und Belehrungen als Dankbarkeit.

„Schleich doch nicht so", fuhr er sie an, wenn sie sich an die Geschwindigkeitsbegrenzung hielt. „Hast du nicht gesehen? Da war ein Ortsschild", kam es sofort, wenn sie nicht schnell genug auf 50 Stundenkilometer herunter bremste. Wenn sie dann beim nächsten Ortsschild energisch auf die Bremsen stieg, hieß es: „Kannst du nicht mit mehr Gefühl fahren?" oder: „Ruinier mir bloß nicht den Wagen!" Wenn Elfie dann nach all den Demütigungen vor der heimischen Garage angekommen war, stieß Paul jedes Mal ein abgrundtiefes „Halleluja!" aus. Es klang für Elfies Ohren immer so, als hätte der arme Mann gerade sämtliche biblische Plagen durchlitten. Der Kommentar, den Elfie am meisten hasste, war allerdings: „Ich fahr ja besoffen noch besser als du nüchtern." Den brachte er aber nur ein einziges Mal. Elfie machte damals eine Vollbremsung, stieg mitten auf der Straße aus und setzte den restlichen Heimweg zu Fuß fort. Nur die Angst vor einem Führerscheinentzug und der daraus folgenden Schande und Häme brachte Paul dazu, demütig um Entschuldigung zu bitten. Aber Elfie, obwohl ihre emanzipatorische Entwicklung noch nicht einmal ganz abgeschlossen war, blieb hart. Es blieb Paul nichts anderes übrig, als sein geliebtes Auto stehen zu lassen und in sicherem Abstand hinter seiner Angetrauten her zu wanken. Vor der Haustür trafen sie sich dann ungewollt wieder, um peinlicherweise festzustellen, dass der Hausschlüssel gemeinsam mit dem Autoschlüssel am Zündschloss des verlassenen Fahrzeugs baumelte. Also musste Paul nochmal los, denn mit Elfie war an diesem denkwürdigen Abend nicht mehr zu reden.

Als die beiden das nächste Mal gemeinsam per Auto unterwegs waren, zeigte Elfie, dass sie durchaus bereit und in der Lage war, etwas von ihrem Mann zu lernen, zumindest was die Rolle der Beifahrerin betraf. Schon beim Verlassen des Grundstücks ging es los. „Vorsicht!", schrie sie. „Hast du den Baum dahinten nicht gesehen?"

Paul nahm das zunächst noch sportlich und konterte: „Ja-ja, ich weiß: Fährst du rückwärts an den Baum, verkleinert sich der Kofferraum." Beim Spielstand 1:1 fuhr er schwungvoll und selbstbewusst durch die 30er Zone, was Elfie zu dem Kommentar brachte: „Hier ist rechts vor links. Bist du sicher, dass du mit 60 km/h im Ernstfall rechtzeitig bremsen kannst? Ich will ja nicht, dass deinem schönen Auto was passiert."

Darauf er, schon ein bisschen giftiger: „Wenigstens kannst du dann nicht mehr meckern, weil du ja die volle Breitseite abkriegst."

Inzwischen näherten sie sich der Innenstadt, und am Horizont tauchte eine Ampel auf, die vermutlich irgendwann rot werden würde. „Bremsen!" schrie Elfie aus heiterem Himmel. Paul erschrak so, dass er voll auf die Bremse trat, was den Autofahrer hinter ihm zu einem gefährlichen, von kreischenden Bremsgeräuschen begleiteten Manöver nötigte. Er ließ das Fenster runter und nannte Paul einen Idioten, der seinen Führerschein wahrscheinlich über Amazon bestellt hatte. Elfie freute sich über die Verstärkung. Pauls Herzschlag beschleunigte und er selber auch.

Nun galt es, einen Parkplatz zu finden, was für Paul normalerweise die leichteste aller Übungen war. Schwungvoll steuerte er die erstbeste Lücke an. „Doch nicht hier", gab Elfie zu bedenken.

„Warum denn nicht?" wollte Paul wissen.

„Da steht ein Geländewagen daneben. Die können alle nicht fahren, sagst du jedenfalls immer, und sogar beim Parken gehen die doch über Leichen. Da kannst du nachher sehen, wer dir die Kratzer aus deinem Wagen wieder raus macht."

Paul war kurz davor zu explodieren. „Das Auto bleibt da stehen. Es sind ja nicht alle Autofahrer solche Anfänger wie du." Es entging Elfie nicht, dass er aber dann doch noch unauffällig das Kennzeichen des besagten SUV mit seinem Handy abfotografierte – im Falle eines Falles für die Versicherung. Sie merkte sich genauso unauffällig und überdies noch schadenfroh den Spielstand: 2:4 für die Dame des Hauses.

Nach diversen Besorgungen traten die beiden mit ihrem erstaunlicherweise immer noch unversehrten Auto den Nachhauseweg an, und Elfie zog alle Register.

„Was machst du denn? Fast hättest du den Radfahrer umgemangelt!"

Paul zog weiter nach links, wobei er nur knapp einer Kollision mit dem Gegenverkehr entging, was Elfie erneut kommentierte: „Mann, gib doch deinen Führerschein ab!" Der Satz ging ihr leicht über die Lippen – hatte sie ihn doch schon viele Male aus Pauls Mund gehört.

Auf der Zielgeraden bombardierte sie ihn mit weiteren giftigen Kommentaren. „Kannst du nicht gefühlvoller schalten? Das ist doch kein Trecker!" Oder: „Vorsicht! Da läuft ein Hund über die Straße." Obwohl der noch 300 Meter weg war.

An der Einfahrt zum trauten Heim lief Elfie noch einmal zu Höchstform auf. „Einschlagen, einschlagen!" kommandierte sie. „Doch nicht so stark! So demolierst du das Gartentor." Und gleich danach, quasi ohne Atempause: „Schmeiß nicht die Mülltonne um!" Und das alles in einer Lautstärke, die Paul angesichts der langen Ohren seiner Nachbarn ohnehin schon peinlich war.

Der arme Mann schaffte es mit seinen letzten Kraftreserven bis zur Garage, nachdem er haarscharf und mit knapper Not an diversen Hindernissen vorbeigekommen war. Dort würgte er völlig unsachgemäß wie ein blutiger Anfänger schließlich den Motor ab. In die eintretende Stille hinein kam von Elfie ein triumphierendes „Halleluja!"

DIE EXPERTIN

Es soll ja angeblich immer gut sein, Experten im Bekanntenkreis zu haben. Wenn das Auto nicht anspringt, springt dafür der hilfreiche Nachbar. Wenn das Klo verstopft ist, kommt der befreundete Klempner auch mal am Wochenende vorbei, und wer seinen runden Geburtstag groß feiern will, freut sich, dass die beste Freundin der Frau einen Partyservice betreibt.

Wir haben in unserer Nachbarschaft Lydia. Lydia ist Psychologin. Jedenfalls betätigt sie sich als solche. Ob das nun auch hilfreich ist, konnte ich noch nicht definitiv klären. Tendenziell neige ich zu einer eher negativen Antwort, was ich natürlich niemals in Lydias Hörweite zugeben würde, da ich auf die unweigerlich folgende Diagnose „negative Lebenseinstellung als erschwerende Komponente beim Problemlösungsverhalten" nicht sonderlich scharf bin.

Als Kind träumte Lydia davon, Chefärztin in einer renommierten Klinik zu werden. Mit zunehmendem Alter und abnehmender Punktzahl in den Klausuren am Gymnasium, beschloss sie, sich statt einem allgemeinen Medizinstudium einem anderen Bereich zu widmen, für den das Abiturzeugnis dann doch noch ausreichend war. So fand sie zu ihrer Berufung als Psychologin.

Vielleicht hätte sie sich doch ein bisschen mehr mit den körperlichen Fakten des menschlichen Daseins befassen sollen, denn als sie im zweiten Semester aus heiterem Himmel schwanger wurde, beschloss sie, dass der Vater ihres zu erwartenden Babys nun doch der Mann fürs Leben sein sollte, und hängte ihre Berufswünsche erleichtert an den Nagel. Die Psychologie, nun auch noch angereichert durch Kinder- und Jugendpsychologie, blieb ihr Steckenpferd, auf dem sie seit gut zwanzig Jahren durch ihr soziales Umfeld reitet und jeden therapiert, der bei drei nicht auf dem Baum ist. Und die, welche sich tatsächlich in eine trügerische Sicherheit zu bringen versuchen, sind die allerärmsten Schweine, denn was müssen die nur zu verbergen haben, dass sie sich nicht mit einer erfahrenen Psychologin unterhalten möchten?

Die Mütter in der Nachbarschaft waren ihre ersten Opfer. Was kann man aber auch beim Großziehen von Kindern alles falsch machen! Lydia nahm sich immer die Zeit, sich um jeglichen Nachwuchs in der Siedlung zu kümmern. Machte ein Kind mit drei Jahren noch in die Hose, dann diagnostizierte sie eine unbewältigte Angststörung. Ob das für das Kind stimmte, ist fraglich. Sicher aber war, dass nach Lydias ungebetener Beratung die betroffene Mutter eine Angststörung entwickelte, unter der in der Folge das Kind wiederum zu leiden hatte – für Lydias Berufung waren das satte Weidegründe. Doch Kinder, die mit anderthalb Jahren schon das ganze Sauberkeitstraining erfolgreich absolviert hatten, waren nicht weniger gefährdet. Sie würden dereinst an den Spätfolgen des harten Drills zu leiden haben und ungeahnte Verhaltensstörungen entwickeln.

Eine der jungen Mütter, Klara, soll nach Lydias Diagnose weinend zusammengebrochen sein. Da musste Lydia besonders intensiv aktiv werden. Dem dazugehörigen Vater Bernd teilte sie in einem vertraulichen Gespräch mit, dass seine Frau dringend professionelle Hilfe benötige. Sie sei dem Druck durch ihr Versagen in der Kindererziehung nicht mehr ge wachsen. Lydia könne ihm eine sehr gute Klinik für Klara empfehlen.

Nach dem ersten Schrecken beschloss Bernd, dass die beginnende Geistesgestörtheit wohl eher bei Lydia lag. Außerdem hatte er keinen blassen Schimmer, wie er ohne Klara neben seinem Beruf auch noch die gesamte Kinderbetreuung übernehmen sollte. Nur seinem gesunden Selbsterhaltungstrieb war es zu verdanken, dass die Familie nicht auseinander brach. Gemeinsam beschlossen die beiden Eltern, dass es einem in einer demokratischen Gesellschaft Kind erlaubt sein muss, so lange in die Hose zu machen, wie es ihm eben nun mal gefällt. Ich muss wohl nicht extra erwähnen, dass Bernd und Klara jeden gesellschaftlichen Kontakt mit Lydia umgehend abbrachen und auch in der Zukunft einen großen Bogen um alle Psychologen schlugen.

Nicht alle schaffen den Absprung so gut. Ein Abend in Gesellschaft von Lydia hinterlässt bei manch einem das vage Gefühl, mit seinem Leben stimme irgendwie etwas nicht so ganz. Wie zum Beispiel Andrea neulich. Abgesehen von ihrem Heuschnupfen fühlte sie sich wohl in ihrer Haut, bis sie dreimal kräftig geniest hatte, was Lydia veranlasste, sie besorgt zu fragen, was denn mit ihr los sei.

„Ach, das ist bloß meine blöde Birkenpollenallergie", beruhigte Andrea sie.

Als könnte man Lydia mit so einer simplen Erklärung abspeisen! Sie hatte sich bereits in das Problem verbissen. „Du weißt aber sicher, dass Allergien oft durch seelische Belastung ausgelöst werden", warnte sie.

„Nein, das weiß ich nicht, und das glaub ich auch nicht", war Andreas schnippische Antwort. „Ich hab jedenfalls keine seelische Belastung."

Lydia zog die Brauen hoch. „Siehst du, deine Weigerung, dich deinen Problemen zu stellen, ist ja gerade ein Symptom.

Solchen Leuten kann man in der Regel nicht helfen, weil sie sich nicht helfen lassen wollen."

„Wie du das schon sagst… solchen Leuten… Das klingt ja, als wär ich nicht ganz normal, weil ich mit einem ganz normalen Heuschnupfen nicht gleich zum Spezialisten laufe", regte Andrea sich auf.

„Du musst nicht gleich so aggressiv werden, wenn dir mal jemand die Wahrheit sagt."

„Ich bin nicht aggressiv!" brüllte Andrea. „Im Gegenteil, ich wünsche euch noch einen schönen Abend!" Und damit rauschte sie davon, während Lydia wissende Blicke in die Runde sandte. Andrea aber grübelt seither darüber nach, ob sie vielleicht nicht doch eine kleine Meise hat.

Ich mache jede Wette, dass bei den Paaren, die sich in unserem Viertel in letzter Zeit getrennt haben, Lydias paartherapeutischer Einfluss eine gewisse Rolle gespielt hat. Sie pflegte die Paare zunächst eingehend zu beobachten, einzeln oder zusammen. Sie speicherte jede spaßige Bemerkung, die einer von den beiden über den andern machte – und wenn sie genug Material beisammen hatte, um eine saftige Krise daraus zu brauen, ging sie ans Werk. So wie bei Hanna und Volker, einem gut eingespielten Paar in mittleren Jahren. Sie hatten gemeinsam drei Kinder großgezogen, weshalb Hanna ihre Berufstätigkeit lange Zeit mit halber Kraft gefahren hatte. Nun gingen sie aufs Rentenalter zu und freuten sich ihres Lebens. Zumindest bis Lydia ihnen die Augen öffnete über ihre verkorkste Partnerschaft.

Zuerst nahm sie sich Hanna vor. Sie bemitleidete sie, weil sie ihre besten Jahre den Kindern geopfert hatte und dem Mann, der Karriere machte, während sie den ganzen Haushaltskram um die Ohren hatte, wenn sie nicht gerade an der Supermarktkasse gemeinsam mit ihren vielen ungenutzten Talenten vor sich hin kümmerte.

„Aber das hab ich doch gerne gemacht", sagte Hanna darauf zu Lydia. „Ich wollte Kinder haben, und Volker hat nun mal mehr verdient. Da war es doch klar, dass ich beruflich leichter zurückstecken konnte."

„Siehst du", klärte Lydia sie auf, „das ist ja gerade der springende Punkt. Warum haben Männer die besseren Jobs? Weil die Frauen ihnen den Rücken frei halten. Und dann machen sie sich noch bei ihren Kumpels lustig über das doofe Heimchen am Herd. Du solltest mal hören, wenn Männer unter sich sind."

Hanna kam nicht auf die Idee, Lydia zu fragen, wie es kam, dass sie so genau wusste, was Männer unter sich reden. Hatte sie etwa als Mann verkleidet spioniert? Sie war damit beschäftigt, darüber zu grübeln, ob an Lydias Worten was dran sein konnte. Auf jeden Fall würde sie Volker mal darauf ansprechen.

Mittlerweile hatte Lydia Volker allerdings auch zu fassen bekommen, um ihm die Augen zu öffnen über sogenannte aufopfernde Hausfrauen, die in Wirklichkeit bloß zu bequem seien, für ihren Lebensunterhalt selbst was zu tun. Die Männer seien die eigentlichen Opfer – immer im beruflichen Stress, und die ganze Sorge, ob man der Familie genug bieten konnte und wovon das Haus abbezahlt werden sollte... Es sei doch kein Wunder, dass Männer früher sterben als Frauen. Am Ende fühlte sich Volker wie eine misshandelte Kreatur, die endlich aufwachen musste, um sich ihrer Haut zu wehren.

Zu Hause krachten die beiden dann aufeinander: die von einem Macho um ihr eigenes Leben betrogene Hanna und der von seinem Luxusweibchen ausgebeutete und von materiellen Wünschen zu Tode gehetzte Volker. Es hätte weiß Gott schiefgehen können, wenn nicht mitten in den fliegenden Fetzen und Untertassen der Name Lydia gefallen wäre.

So konnten sie dann schließlich gemeinsam vom Baum der Erkenntnis essen und bei einem versöhnlichen Aperitif ihre altbewährte Ehe doch noch vor Lydias Zugriff retten. Andere Paare hatten nicht so viel Glück.

Aber jetzt ist Rudi in unsere Straße gezogen, ein älterer Herr, der vor kurzem seine Frau verloren hat. Den hat sich Lydia natürlich auch sofort vorgenommen, denn ohne professionelle therapeutische Hilfe ist es doch sehr schwer, den Tod eines nahestehenden Menschen zu verarbeiten. Als sie ihm lange genug von Trauerarbeit und Loslassen lernen und von Verlustängsten, die zu Depressionen führen können, vorgelabert hatte, meinte er:

„Ich hab meine Frau nicht an den Tod, sondern an ihren Liebhaber verloren. Die Trauerarbeit erledigt mein Scheidungsanwalt, und seit dem Umzug bin ich von Depressionen weiter entfernt denn je. Was wollen Sie denn eigentlich von mir? Sie sind ein typisches Beispiel für eine unausgefüllte Frau, die sich von ihren eigenen Problemen ablenkt, indem sie anderen welche aufschwatzt. Sie sollten sich dringend einen guten Therapeuten suchen, bevor sie noch mehr Unsinn daherreden."

Seit dem Tag hat Lydia nicht mehr viel geredet. Vielleicht therapiert sie sich ja jetzt endlich einmal selbst.

DIE KANZELSCHWALBE

Nicht jeder kennt sie, denn sie ist nicht immer auf Anhieb zu identifizieren. Dabei kommt sie gar nicht so selten vor. Auf jeden Fall gehört sie nicht auf die Liste der vom Aussterben bedrohten Arten. Wie schon der Name sagt, findet man sie vor allem in religiös geprägten Milieus, wo sie von ihrer eigenen Wichtigkeit überzeugt um die Kanzel flattert. Und wer steht in der Regel auf der Kanzel? Richtig, der Pfarrer! Also flattert die Kanzelschwalbe in Wirklichkeit eher um den Pfarrer herum. Das hat außerdem den wichtigen Nebeneffekt, dass sie dem Pfarrer auf die Finger schauen und ihm notfalls mit Rat und Tat zur Seite stehen kann.

Denn auch ohne theologisches Studium weiß die Kanzelschwalbe ganz genau Bescheid über Gut und Böse, Richtig und Falsch. Obwohl sie den Herrn Pfarrer ehrfürchtig siezt – mit dem lieben Gott ist sie jedenfalls per Du. Wenn sie ihre Umgebung mit ihren engagierten Bemühungen allen Widerständen zum Trotz auf den in ihren Augen einzig richtigen Weg in Richtung Himmel zwingt, tut sie das im Auftrag des Allerhöchsten, der froh sein darf, dass er nicht alles alleine machen muss. Wahrscheinlich ist er außerdem auch froh, dass die Kanzelschwalbe noch nicht bei ihm im Himmel ist, denn dann hätte er womöglich nicht mehr viel zu sagen.

Ein wichtiger Satz aus ihrer eigenen religiösen Erziehung scheint ihr allerdings nicht mehr präsent zu sein: „Alle Menschen sollst du lieben, ob sie arm sind oder reich. Keinen sollst du je betrüben, denn vor Gott sind alle gleich." Oder für sie ist Gott hier ganz klar im Irrtum. Die Menschen, das weiß die Kanzelschwalbe ganz sicher, sind nämlich nicht alle gleich. Die Reichen sind auf jeden Fall gleicher als die Armen. Denen verzeiht sogar die Kanzelschwalbe ein gewisses Manko an Frömmigkeit. Wen Gott auf der sozialen Leiter so weit oben angesiedelt hat, der muss ihm schon besser gefallen als so ein armes Würstchen, das wahrscheinlich nicht mal was Ordentliches in den Klingelbeutel wirft. Dieser gottgefälligen Ordnung würde sich die Kanzelschwalbe doch niemals widersetzen.

Also mischt sie sich auch vorzugsweise in den Lebenswandel der etwas tiefer angesiedelten Schichten ein. Hier eröffnet sich ein weites Spielfeld für harsche Kritik: „Wie – ihr fahrt immer noch euren alten Diesel? Habt ihr denn überhaupt keinen Respekt vor der von Gott geschaffenen Natur, die unter dem Feinstaub leiden muss?" Leider sind die so gerügten Personen meist nicht selbstbewusst oder schlagfertig genug, um der frommen Dame zu antworten: „Respekt vor der Natur hätten wir schon, aber uns fehlt das Kleingeld für ein neues, gottgefälligeres Fahrzeug."

Ähnlich unsensibel verhält sich die Kanzelschwalbe, wenn es um die richtige Lebensführung geht. Wie kann man nur in ein gebrauchtes Haus ziehen, ohne es vorher grundlegend zu renovieren! Das ist doch äußerst unhygienisch. Da gehört ein ordentlicher Exorzismus mit Wurzelbürste und scharfen Chemikalien her. Ja, aber jetzt haben wir erst mal das Haus bezahlt, alles Weitere muss erst wieder angespart werden. Dafür haben allerdings Leute, die ständig beim lieben Gott auf dem Schoß sitzen und deshalb natürlich in ihren persönlichen Meinungen unfehlbar sind, kein Verständnis.

Die Kanzelschwalbe weiß auf jeden Fall auch ganz genau, wer in den Himmel kommt und wer in der Hölle schmoren muss, und sie kennt sogar die Anzahl der Tage, die ein Verstorbener auf Grund seines nicht ganz perfekten Lebenswandels im Fegefeuer absitzen muss. In solchen Fragen ist sie genauso kompetent wie bei der Sitzordnung im Gottesdienst. In katholischen Kirchen ist die rechte Seite den Männern und Knaben vorbehalten. Personen weiblichen Geschlechts haben sich links einzuordnen. Zum Ärger der Kanzelschwalbe hält sich allerdings kaum noch jemand an diese strengen Regeln. Aber es gibt ja auch noch vorne und hinten. Ganz vorne kommen die Kinder hin. Dort sind sie unter scharfer Beobachtung der Kanzelschwalbe, die für Ordnung und Disziplin sorgt. Denn direkt hinter den Kindern dürfen sich zunächst einmal die Kanzelschwalbe selber und die wohlhabenden Honoratioren hinsetzen. Die einkommensschwachen Kreise haben ihren Platz weiter hinten zu suchen. Alles andere wäre anmaßend und würde von der Kanzelschwalbe nach Möglichkeit umgehend korrigiert werden. Es soll sogar bereits gestorbene Kanzelschwalben geben, die – kaum im Himmel angekommen – die Sitzordnung auf den Wolken nach ihren eigenen Vorgaben umgestaltet haben, weil sie mit den kommunistischen Anwandlungen des Allerhöchsten nicht einverstanden waren. Ich weiß nicht, was der liebe Gott mit denen gemacht hat, aber ein paar Sozialstunden im Fegefeuer wären meines Erachtens angebracht. Hups – jetzt rede ich schon selber wie diese komischen Vögel. Trotzdem – sie könnten dort das Feuer in Gang halten und auch sonstige Handgriffe verrichten, denn im Quälen von armen Seelen waren sie ja schon im Diesseits sehr geübt.

In einem protestantisch geprägten Umfeld wird natürlich das Familienleben des Herrn Pastor einer besonders akribischen Kontrolle durch die von Neid und Missgunst geprägte örtliche Vorsitzende der Kanzelschwalbenkolonie unterzogen. Besonders die Frau des Pastors steht ständig im Fadenkreuz der Überwachung. Kriegt der Herr Pastor auch was Ordentliches zu essen? Und wie gedeihen die Kinder aus dieser geistlich geprägten Verbindung? Sollte was schief gehen, liegt es natürlich immer an der Mutter, denn der Herr Pastor ist zwar nicht der Papst, aber dennoch unfehlbar – zumindest in den Augen der Kanzelschwalbe. Und engagiert sich die Pastorengattin auch genügend für das Gemeindeleben, oder hat sie womöglich auch noch andere, mehr irdisch gelagerte, Interessen, wie z.B. einen eigenen Beruf? Eines ist jedenfalls sicher: Eine Frau, die ihr Leben mit allen dazugehörigen Pflichten an der Seite eines Pastors führen kann, ohne ab und zu einer Kanzelschwalbe den Hals umzudrehen, die muss eine Heilige sein – auch wenn ihr die Kanzelschwalbe weder das irdische Leben an der Seite einer kirchlichen Gallionsfigur gönnt, noch die darauf folgende ewige Seligkeit im Himmel.

TREFFEN SICH ZWEI FREMDE

Sonnabendvormittag auf dem Wochenmarkt beim Fischwagen. Barbara stellte sich ordentlich in die Warteschlange und wurde von dem vor ihr stehenden Kunden mit den Worten begrüßt: „Hallo, Barbara. Wir haben uns ja ewig nicht gesehen."

Als zur Höflichkeit erzogener Mensch grüßte Barbara freundlich zurück, obwohl sie keine Ahnung hatte, mit wem sie es da gerade zu tun hatte.

Der Mann plauderte munter weiter: „Es gibt nichts Schöneres als einen leckeren Fisch zum Wochenende."

Normalerweise hätte Barbara jetzt mindestens zwei, drei Dinge aufgezählt, die sie durchaus noch schöner fand als eine Fischmahlzeit, aber sie war zu sehr damit beschäftigt, den Unbekannten, der sie aber offenbar kannte, zu identifizieren. Blitzartig ging sie die diversen sozialen Zirkel durch, in denen sie verkehrte. War er ein ehemaliger Kollege? Oder vielleicht jemand aus dem Lesekreis?

Oder kannte sie ihn aus dem Fitnessclub? Nein, sie kannte ihn ja überhaupt nicht. Oder konnte sie sich nur nicht erinnern? Panik überfiel sie: War das der Anfang von Alzheimer?

Mechanisch warf sie ihm ein paar Brocken Smalltalk hin: „Ja, und hier ist der Fisch ja auch besonders gut. Schade, dass man den nur am Sonnabend bekommt."

„Wie geht's denn deinem Mann?" fragte er. „Der war doch so schwer krank."

Barbara dachte: Meinen Mann kennt er also auch. Aber warum schwer krank? Das klingt nach Herzinfarkt oder Krebs im Endstadium. Dabei hatte er doch bloß eine Erkältung. Aber Männer übertreiben ja gerne. Kühl sagte sie: „Der ist wieder putzmunter."

„Das freut mich aber", meinte der immer noch nicht identifizierte Bekannte, bevor er beim Fischhändler an der Reihe war. Er kaufte ein Rotbarschfilet und einen kleinen Krabbensalat, Mengen für eine einzelne Person. Also keine Familie, schlussfolgerte Barbara. Alleinstehend. Aber wie viele alleinstehende Männer kannte sie denn? Auf Anhieb fiel ihr kein einziger ein. Es sind doch meistens die Frauen, die übrig bleiben.

Er bezahlte seinen Einkauf, und während sie ihren Räucherfisch und den Heringssalat für ihren Mann kaufte, hoffte sie inständig, er würde weitergehen, damit ihr die Peinlichkeit erspart bliebe, ihn schließlich doch noch fragen zu müssen, wer er eigentlich war..

Doch die Hoffnung war mal wieder trügerisch. Er wartete tatsächlich, bis sie auch fertig war, und dann schlug er zu ihrem Entsetzen vor, bei einer gemeinsamen Tasse Kaffee Erinnerungen auszutauschen – womöglich auch gemeinsame. Sie überlegte fieberhaft, wie sie eine sozialverträgliche Ausrede formulieren sollte, zum Beispiel: Ich befinde mich im Frühstadium einer Demenzerkrankung und muss jetzt so schnell wie möglich in meine gewohnte Umgebung zurück, bevor ich noch völlig die Orientierung verliere.

Aber bevor sie noch Piep sagen konnte, hatte der dynamische Fremde sie schon Richtung Café Bauer dirigiert mit der Erklärung, das sei doch schon immer ihr Stammcafé gewesen – eine Information, die sich ebenfalls nicht mit ihrer eigenen Erinnerung deckte.

Während er munter aus seinem Leben plauderte, musterte sie ihn unauffällig: Haupthaar eher schütter, von einem ins Weiß changierenden Grau, dazu eine beige Jacke über einer beigen Hose. Ihr dämmerte die Erkenntnis, dass Männer über 60 mehr oder weniger alle gleich aussahen. Wie sollte man da einen alten Bekannten wiedererkennen? Und es musste ein Bekannter sein, denn schließlich hatte er sie mit ihrem Namen angesprochen. Obwohl – wie groß war die Wahrscheinlichkeit, bei Frauen ihrer Generation mit Barbara einen Treffer zu landen? Schon in der Schule war sie von lauter Mädchen mit dem Namen Barbara umgeben gewesen.

Aufmerksam versuchte sie, aus seinem Geplauder biografische Daten herauszufiltern, um aus den Puzzleteilchen ein verwertbares Ganzes zu konstruieren. Doch je mehr sie erfuhr, umso verwirrter wurde sie. Anscheinend kannten sie sich seit der Jugendzeit. Angeblich waren sie damals mit einer ganzen Clique nach Spanien gefahren. Es waren die wilden Siebzigerjahre, aber so freizügig, wie dieser Fremdling da sich an sie erinnerte, war sie dann doch nicht gewesen, und schon gar nicht in Spanien. Schlagartig wurde ihr klar: Der hat dich verwechselt, der meint eine ganz andere Barbara.

Auch Peter wunderte sich schon eine Zeitlang, dass Barbara so reserviert war und kaum etwas sagte, obwohl sie doch früher wie ein Wasserfall geredet hatte. Als sie ihn aber jetzt bei der Anspielung auf ihre gemeinsamen amourösen Abenteuer im jugendlichen Leichtsinn so entgeistert anstarrte, dämmerte es ihm, dass er möglicherweise in ein überdimensionales Fettnäpfchen getreten sein könnte.

Nachdem sie sich eine ausgiebige Schrecksekunde lang über ihre Kaffeetassen hinweg wortlos angestarrt hatten, brach Barbara vor Erleichterung – also doch kein Alzheimer! – in schallendes Gelächter aus.

„Kannst du dich noch an meinen Mädchennamen erinnern?" fragte sie.

„Ja natürlich, die flotte Barbara Jensen", meinte er.

„Irrtum! Ich bin Barbara Walter, geborene Borg. Ich glaube, hier liegt eine gewaltige Verwechslung vor."

Peter wurde vor Schreck kreidebleich. „Aber Sie sehen ihr unglaublich ähnlich", stammelte er.

„Wir Frauen sehen ab einem bestimmten Alter alle ähnlich aus", tröstete sie ihn. „Außerdem waren wir aus Versehen schon beim Du."

Peter räusperte sich verlegen.

„Darf ich mich vorstellen: Peter Altmann. Das alles ist mir unglaublich peinlich, aber es hat mich trotzdem gefreut, deine Bekanntschaft zu machen."

„Kann sein, dass wir uns mal wieder auf dem Markt treffen", meinte Barbara. „Aber vielleicht sollten wir uns in diesem Fall vorsichtshalber eine Nelke ins Knopfloch stecken als Erkennungszeichen."

KAFFEETRINKEN MIT GUTEN MENSCHEN

Marie hatte zum Geburtstag eine Reihe von Freundinnen eingeladen, für die sie ein paar köstliche Kuchen gezaubert hatte. Sie hatte weder an Zucker noch an Butter gespart, vom Zeitaufwand mal ganz zu schweigen. Es gab Schokoladentorte, Friesentorte, Schwarzwälder Kirschtorte, Nusskuchen und für alle, die wollten, auch noch reichlich Sahne. Ach ja – und nicht den Prosecco als Auftakt vergessen! Schließlich hat man ja nicht jeden Tag Geburtstag.

Als alle mit glänzenden Äuglein die Auswahl an Köstlichkeiten bewunderten und Marie mit dem Tortenheber voll im Einsatz war, um ihren lieben Gästen das gewünschte Gebäck auf den Teller zu schaufeln, kam von Sonja die Bemerkung: „Wisst ihr eigentlich, wie ungesund das alles ist? Wir essen doch ständig zu viel Zucker und Fett."

Das fiel wie eine Bombe mitten zwischen all die Kalorienbömbchen. Schlagartig fühlte sich jede schuldig, weil sie durchaus bereit gewesen war, sich den gesundheitlichen Risiken dieses Nachmittags voll bewusst auszusetzen. Selbstverständlich war Sonja unter ernährungsphysiologischen Gesichtspunkten völlig im Recht. Man hätte wohl besser den Tag mit ein paar Radieschen aus biologischem Anbau gefeiert und dazu ein paar Stückchen Karotten geknabbert. Ist doch auch mal schön!

Lili rettete die Situation, indem sie spontan und lautstark verkündete: „No risk, no fun! Für Maries Torten setzen wir doch alle gern mal vorübergehend unser Leben aufs Spiel." Erleichtertes Gelächter von allen Seiten – und das obwohl Askese eindeutig moralisch höher steht als hemmungsloses Schlemmen. Ging ja wohl grade nochmal gut für die ruchlosen Genießerinnen. Sonja konnte sich ihre moralische Überlegenheit sonst wo hin stecken. Allerdings wurde sie in exakt diesem Moment im Geiste von mehreren Einladungslisten der kommenden Monate gestrichen. Und Marie nahm sich vor, sie nächstes Mal an einen extra Katzentisch zu setzen, an dem sie sich den speziell für sie vorbereiteten Rohkostteller reinziehen konnte, ohne vom Anblick der moralisch abgehängten Freundinnen provoziert zu werden.

Man widmete sich also wieder mit gutem Gewissen den zuckrigen Dingen mit Sahne und unterhielt sich über dies und jenes. Der Altersgruppe gemäß kam man bald auf die diversen wohlgeratenen Enkelkinder zu sprechen. Martina berichtete, dass ihre Tochter wieder angefangen hatte zu arbeiten und der kleine Jonas, der mittlerweile seinen ersten Geburtstag schon hinter sich hatte, in die Krippe ging, wo es ihm allem Anschein nach auch gut gefiel. Aber hallo, wenn das nicht das Stichwort war für Beate! „Das finde ich aber gar nicht gut, ein so kleines Kind schon in fremde Hände zu geben. Man weiß doch, welche Schäden ein derart traumatisiertes Kind davonträgt. Haben die das denn nötig, finanziell meine ich?"

Volltreffer! Martina, die sich eben noch strahlend gefreut hatte, dass die junge Familie das alles so toll auf die Reihe kriegte, sank sichtbar in sich zusammen. Nicht nur, dass das arme kleine Enkelchen von fremden Menschen schlecht behandelt wurde und deshalb später im Leben kriminell oder zumindest ein Versager werden würde. Nein, ihre Tochter hatte sich auch in der Partnerwahl vertan, denn sonst hätte sie ja eine gute Partie gemacht und bräuchte sich nicht auf Kosten ihres Kindes um den schnöden Broterwerb zu kümmern. Oder war sie vielleicht gar eine habgierige Rabenmutter?

Die anderen versuchten, Martina zur Seite zu stehen. „Aber wer sagt denn, dass eine Krippe schlecht sein muss? Wenn sich der Kleine dort wohlfühlt, dann ist es doch wohl in Ordnung", meinte Michaela, die ihr Leben lang gearbeitet hatte und dabei ihre Kinder auch groß gekriegt hatte.

„Tja", gab Beate mit bedeutungsvollem Augenaufschlag zu bedenken, „jeder rückt sich das eben leider so zurecht, wie es ihm in den Kram passt. Nur das Kind selber, das ist den Erwachsenen schutzlos ausgeliefert. Und alles nur, weil die Mutter nur an ihre Karriere denkt. Dann sollte man doch lieber gleich auf Kinder verzichten."

„Nun mach aber mal ´nen Punkt", fuhr Marie sie an. „Wo hast du denn diesen Schwachsinn her? Glaubst du im Ernst, alle Kinder, die nicht bis ins Grundschulalter am Rockzipfel ihrer Mama hängen dürfen, sind lebenslänglich gestört?"

„Alle vielleicht nicht, aber bestimmt viele. Denen fehlt doch das Urvertrauen."

„Ich sag dir jetzt mal, was meinem Enkel fehlen würde, wenn sich meine Tochter nach deinen klugen Ratschlägen richten würde: Dem würden seine Freunde aus der Krippe fehlen und die ganzen Anregungen, die er dort bekommt. Und davon abgesehen, gibt es jede Menge junge Familien, die schlicht und einfach auf ein zweites Einkommen angewiesen sind. Willst du die denn alle als egoistische, unfähige Eltern bezeichnen?" Martina war jetzt so richtig in Fahrt.

„Es tut mir leid, dass du so heftig reagierst", sagte Beate mit der aufreizenden Ruhe derer, die sich moralisch überlegen fühlen. „Ich mache mir eben Sorgen um die Zukunft dieser wehrlosen kleinen Geschöpfe. Es bricht mir das Herz, wenn ich daran denke, wie viele Kinder tagtäglich in solchen Einrichtungen abgestellt werden, nur damit man sich Urlaub oder ein neues Auto leisten kann."

„Ich schlag jetzt mal was vor", meldete sich Lili zu Wort. „Beate, du bist so engagiert. Mach doch mal eine Unterschriftenaktion für ein Gesetz, das besagt, dass nur Paare oberhalb einer bestimmten Einkommensgrenze Kinder bekommen dürfen. Die Mütter müssten sich davor allerdings verpflichten, nicht zum Shoppen oder zum Tennis zu gehen, bis die Kinder im schulpflichtigen Alter sind. Nicht dass die eine oder andere dann womöglich die Lizenz zur Fortpflanzung für ihre eigenen Interessen missbrauchen würde."

Nachdem auf diese Weise Beate der Wind aus den Segeln genommen war, wandte sich die Unterhaltung wieder anderen Gegenständen zu. Reisen schien ein unverfängliches Thema zu sein, zumal für Leute im Ruhestand, die nun endlich mal die Zeit hatten, ihre langgehegten Träume zu verwirklichen. Man tauschte Tipps aus über nahe und ferne Ziele und kam irgendwann auf Billigflieger zu sprechen. Und schon stand der nächste gute Mensch auf der Matte. Diesmal war es Linda, die mit ihrer speziellen moralischen Keule den anderen mal so richtig den Spaß an ihrer sinnvollen Freizeitgestaltung verderben wollte.

„Und ihr macht bei diesem Wahnsinn mit? Als ob ihr nicht wüsstet, was das Fliegen unserer Umwelt antut! Welche kaputte Welt wollt ihr denn euren Kindern und Enkeln hinterlassen?"

Nun muss man wissen, dass Linda aus einem wohlhabenden und bildungsbeflissenen Elternhaus stammte. Dank dieser Tatsache hatte sie in ihrer längst vergangenen Jugendzeit bereits die ganze Welt bereist – wie aus sicherer Quelle bekannt war, hatte übrigens sie Neuseeland beispielsweise auch nicht auf dem umweltfreundlichen Fahrrad erreicht. Mittlerweile war sie thrombosegefährdet und hatte auch sonst noch ein paar körperliche Schwachstellen, die das Fliegen für ihre Gesundheit noch gefährlicher machten als für die arme Umwelt. Sie hätte jetzt natürlich auch sagen können: „Habt ihr es gut, dass ihr noch fliegen könnt! Für mich ist das ja leider vorbei." Aber nein, sie musste sich ja noch Bonuspunkte auf dem Gebiet der politisch korrekten Lebensführung abgreifen. Das konnten die Freundinnen nicht so im Raum stehen lassen. Was war denn so verwerflich daran, dass von Rheuma und Arthrose geplagte Menschen nach einem arbeitsreichen Leben von Zeit zu Zeit dem nasskalten Winterwetter entkommen wollten, um sich auf einer weiter südlich gelegenen Insel noch ein paar sonnig-warme Tage in diesem Leben zu gönnen?

Folgerichtig entgegnete also Margot, die gerade eine Wanderreise nach Fuerteventura gebucht hatte: „Weißt du was, Linda: Du hattest in unserer Schulzeit schon mehr Flugkilometer hinter dir, als ich vermutlich je noch erreichen werde. Ich bin mit dem Rad zum See gefahren, wenn ich baden wollte, während du dich an afrikanischen oder südamerikanischen Stränden geaalt hast. Meinst du nicht, die Umwelt kann es verkraften, dass ich es auf meine alten Tage noch ein bisschen gut habe?"

Nachdem also das Thema Reisen auch tabu geworden war, wandte man sich der Gestaltung des heimischen Wohnraums zu. Rita berichtete ganz begeistert, dass sie sich gerade einen dänischen Kaminofen hatten einbauen lassen. Sie schwärmte ungehemmt von der angenehmen Wärme und der Gemütlichkeit, die ein solcher Ofen verbreitete. Und da man die Verteidigung der Umwelt gerade abgearbeitet hatte, gab es auch niemanden, der sich bemüßigt fühlte, ihr den Spaß zu verderben mit dem Hinweis auf die Luftverschmutzung, die mit einer solchen Heizmethode einhergeht. Sie hätte ja darauf antworten können, dass sie wegen ihrer Flugangst wenigstens keine Flugzeuge nutze.

Vielleicht sollte man bei Gelegenheit mal über die hinterhältigen und vielfältigen Gefahren reden, die von guten Menschen ausgehen – zum Beispiel über die Verschmutzung des sozialen Klimas und über die Minenfelder, auf denen sich soziale Interaktion mit politisch Korrekten abspielt. Aber wer will schon seinen Heiligenschein im stillen Kämmerchen polieren?

ALTWERDEN FÜR FEIGLINGE

Die Aussage „Altwerden ist nichts für Feiglinge" hat durchaus etwas. Zumal es nur ein einziges nachweisbar wirksames Mittel gegen das Altwerden gibt – jung zu sterben. Das ist verständlicherweise für die breite Masse nicht das Mittel der Wahl, da die Nebenwirkungen doch einigermaßen gravierend sind – wobei ich jetzt nicht vom Verlust von Rentenansprüchen oder Pensionsberechtigung rede.

Heutzutage versuchen viele, das Problem durch Jungbleiben in eine möglichst ferne Zukunft zu verschieben. Sehen wir uns doch mal an, wie das funktioniert – oder auch nicht. Eine bewährte Methode besteht darin, sich von frühester Jugend an ein gewisses Maß an Askese zu eigen zu machen, nämlich nur das Richtige essen und das auch noch in homöopathischen Dosen. Mit anderen Worten, nichts Süßes, nichts Fettes, nur Pflanzliches aus biologisch-dynamischem Anbau, und vor allem nichts mehr nach 18 Uhr. Selbstverständlich ohne Alkohol, von Zigaretten mal ganz zu schweigen. Dazu viel Bewegung an der frischen Luft, am besten fernab jeglicher Zivilisation, um den schädlichen Abgasen zu entgehen. Wer so lebt, sieht einer rosigen Zukunft als knackiger Hundertjähriger entgegen. Aber mal ganz ehrlich: Möchtet ihr 100 Jahre alt werden oder lieber ab und zu mal was Süßes essen und ein Gläschen mit Prozenten trinken?

Man kann natürlich auch anders gegensteuern. Stichwort plastische Chirurgie. Wenn Wunschbild und Spiegelbild anfangen, auseinander zu driften, legt man sich einfach unters Messer, und schon hat man die Tränensäcke, Hängebacken und das überflüssige Körperfett wieder im Griff. Dafür muss man allerdings mit einem gewissen finanziellen Polster vorsorgen, und zwar in der eigentlichen Bedeutung des Wortes, das Geld muss nämlich schon vor den Sorgen da sein. Durch diesen fiesen rhetorischen Trick, den man meist erst durchschaut, wenn es zu spät für Vorsorge ist, kommen die wenigsten von uns in den Genuss, gegen Alterserscheinungen mit Hilfe eines Schönheitschirurgen anzukämpfen. Ich zeige deshalb Mut zur Lücke, überspringe großzügig dieses sicher ergiebige Thema und verweise auf die Lektüre einschlägiger Frauenzeitschriften. Aber Vorsicht! Die erzählen auch nicht die ganze Wahrheit, und wer auch im Alter noch gelegentlich herzhaft lachen will, sollte dafür noch die volle Palette des Mienenspiels zur Verfügung haben ohne Angst, das teure Lifting platzt aus den Nähten.

Reden wir lieber über die Diagnose. Woran merken wir eigentlich, dass wir alt werden? Das Geburtsdatum spielt jedenfalls dabei keine besondere Rolle, denn niemand glaubt ernsthaft, dass er so alt aussieht, wie es in seinem Pass steht. Die Frage ist eher, wie viele Jahrzehnte weniger es denn idealerweise sein sollten. Wir sind zwar nicht Schneewittchens Stiefmutter, und unser Spiegel sagt uns nicht so gemeine Sachen brutal ins Gesicht wie dieser armen Frau. Dennoch kann ein allzu häufiger Kontakt mit unserem Spiegelbild verheerende Folgen haben für unser Selbstwertgefühl. Es bildet jede Falte eins zu eins ab, und ein graues Haar wird vom in den Spiegel schauen auch nicht wieder blond oder was immer es früher mal war. Besonders gehässig sind diese sogenannten Kosmetikspiegel mit Lupenfunktion. Da wird jede Pfirsichhaut zu einer Kraterlandschaft mit Höhen und Tiefen. Das sind die Momente, wo man auch schon mal über die Vorteile einer Burka nachdenkt. Solltet ihr eine solche überzogene Reaktion zeigen, ist das ein eindeutiges Symptom für eine Allergie gegen Vergrößerungsspiegel. Ich empfehle, das Allergen von Stund an zu meiden und diesen besonderen Spiegel in den Tiefen des Schuhschranks zu vergraben. Oder vielleicht habt ihr eine beste Feindin, der ihr das Teil mit Unschuldsmiene schenken könnt. Dann noch eine schwächere Birne in die Lampe im Bad, und das weiche Licht sorgt dafür, dass der Tag nicht schon gleich beim Aufstehen im Eimer ist.

Fotos, vor allem Schnappschüsse, die ohne große Vorwarnung gemacht wurden, können auch schockierende Rückmeldungen über die Diskrepanz zwischen gefühltem und tatsächlichem Alter geben. Solche schaut man sich am besten kein zweites Mal an, denn die dabei empfundene Frustration lässt einen dann gleich nochmal um zehn Jahre altern.

Es gibt nun allerdings im Leben eines jeden Menschen ein Ereignis, an dem lässt sich nichts mehr rütteln oder weginterpretieren. Den einen trifft es früher, den andern später, aber jeden trifft es mit der Wucht eines Steinschlags mitten ins Zentrum seines gesunden Selbstbewusstseins. Und danach ist klar: Jetzt bin ich wirklich alt! Eigentlich sind die Stoßzeiten beim öffentlichen Personennahverkehr schuld. Hätten die dort Sitzplätze für alle, gäbe es nicht das geringste Problem. Ihr findet, das macht nichts, wenn man im Bus oder der U-Bahn stehen muss – ist ja meistens nur für ganz kurz. Ja, aber leider nicht kurz genug, um nicht einem vorwitzigen jungen Mitmenschen die Möglichkeit zu geben, euch die Kränkung fürs Leben anzutun. Steht doch dieser Schnösel auf, und bietet euch seinen Platz an! Er meint wirklich euch, nicht etwa die Oma, die direkt neben euch steht. Und alle drum rum kriegen es auch noch mit und lachen sich ins Fäustchen. Zutiefst gedemütigt setzt ihr euch hin, obwohl ihr dem frechen Bengel am liebsten eine reinhauen würdet. Warum ist der nicht so schlecht erzogen wie seine Altersgenossen? Oder sehe ich so gebrechlich aus, denkt ihr, dass sogar die egoistische Jugend von heute Mitleid mit mir hat?

Aber keine Angst, es gibt Hoffnung. Auch von diesem abgrundtief erschütternden Erlebnis kann man sich wieder erholen. Nun gut, dann ist man eben alt. Das war doch im Prinzip das ganze Leben lang schon klar, damit mussten schon ganz andere fertig werden. Jetzt gilt es, die Sichtweise an die neue Situation anzupassen. Positiv denken ist jetzt angesagt. Wenn sie uns schon ihren Platz anbieten, dann schleppen sie auch unseren Koffer die Treppe hoch und wuchten ihn in die Gepäckablage. Alter bringt auch Privilegien mit sich. Man darf sich nur nicht zu gut sein, sie in Anspruch zu nehmen. Wem wollen wir denn noch etwas vormachen? Wem müssen wir noch etwas beweisen? Stehen wir doch zu den Spuren unseres gelebten Lebens. Alter ist keine Schande, sondern in gewisser Weise unser höchst eigener persönlicher Erfolg. Wir sind durch Höhen und Tiefen gegangen und immer noch da, bereit, dem Leben noch täglich positive Seiten abzugewinnen. Wie gut wir uns dabei fühlen, ist keine Frage des Alters, sondern unsere eigene souveräne Entscheidung. Es mag uns im Laufe des Lebens einiges abhandengekommen sein, aber die Freiheit, uns trotzdem wohl in unserer faltigen Haut zu fühlen, die nimmt uns keiner mehr.

NACHT UND NEBEL

Keine gute Voraussetzung für die Fahrt von der Kneipe in Oberstetten zurück nach Hause. Zum Glück war das Sträßchen wenig befahren, und die Polizei trieb sich hier in der Regel auch nicht herum. Was ganz praktisch war, denn Peter hatte beim Skatspielen mit den Kumpels ganz schön gebechert. Kein Problem, die Strecke kannte er im Schlaf.

Er sah das Fahrrad hinter der Kurve buchstäblich in letzter Sekunde. Reflexartiges Ausweichen konnte nicht ganz verhindern, dass mit einem hässlichen Geräusch Blech auf Blech stieß. Der Schock machte ihn schlagartig nüchtern, zumindest so weit, dass ihm klar war, welche Konsequenzen es für ihn haben würde, wenn er jetzt anhielt, um sich um die Person auf dem Fahrrad zu kümmern. So schlimm würde es schon nicht sein. Jeder stürzt doch mal vom Rad, ohne dass davon die Welt untergeht.

In gemäßigterem Tempo fuhr er weiter. Die letzten drei Biere waren eindeutig zu viel gewesen, dachte er. Wenn er in diesem Zustand mit der Polizei konfrontiert würde, wäre der Führerschein mit Sicherheit für eine Weile weg. Das konnte er sich nicht erlauben, mal ganz abgesehen von der Blamage, die er sich als angesehenes Mitglied des Gemeinderats nicht leisten konnte.

Zu Hause in der Garage schaute er sich die rechte Seite seines Autos an. Mist, der vordere Kotflügel war zerkratzt und hatte eine neue Delle. Nun ja, der BMW war nicht der neueste, das würde vielleicht gar nicht so sehr auffallen.

Seine Frau Luisa war noch auf und saß im Wohnzimmer. „Ach, du bist es", sagte sie.

„Wen hast du denn um diese Zeit erwartet?" gab er zurück.

„Ich dachte, es sei Mia."

„Was? Ist die noch nicht zu Hause?" Mia war 15 Jahre alt und Papas Liebling, was nicht hieß, dass Papa zum Schutz seiner einzigen Tochter nicht ein strenges Regiment führte. Eine hübsche 15-Jährige hatte um 21 Uhr zu Hause zu sein und sollte sich nicht den Gefahren der Nacht aussetzen.

„Wo ist sie denn?" hakte er nach.

„Bei Lena angeblich. Ich hab schon ein paarmal versucht, sie anzurufen, aber sie geht nicht an ihr Handy."

„Lena – wohnt die nicht in Oberstetten?"

„Ja, warum? Sag mal, geht's dir nicht gut? Du bist auf einmal so blass."

„Mir ist ein bisschen schlecht. Sag mal, ist sie etwa um diese Zeit noch mit dem Rad unterwegs?"

„Ja schon. Aber von Oberstetten aus ist ja normalerweise nicht viel los auf der Straße. Bloß dass sie nicht an ihr Handy geht, regt mich auf. Naja, vielleicht ist mal wieder der Akku leer. Ich ruf jetzt mal bei Lenas Eltern an."

Peter hörte sie schon nicht mehr. Er stürzte ins Bad, um sich zu übergeben. Als er zurückkam, hörte er Luisa sagen: „Ach, vor 20 Minuten schon? Dann müsste sie ja jeden Moment zu Hause sein. Entschuldigen Sie, dass ich Sie so spät noch gestört habe."

Peter war noch um einige Schattierungen blasser. „Ich fahr jetzt los und suche sie."

„Du fährst überhaupt nirgends mehr hin heute Nacht. So wie du aussiehst, bist du ja schon besoffen heimgefahren. Sei froh, dass dich keiner kontrolliert hat. Dich braucht man ja nicht mal mehr pusten zu lassen, um zu wissen, was los ist."

In Peters umnebeltem Hirn war nur noch Platz für einen einzigen Gedanken: Ich habe mein einziges Kind im Suff umgefahren und dann hilflos auf der Straße liegen lassen – das ist los!

„Wir müssen sie von der Straße holen", stammelte er.

„Was sagst du da? Wie meinst du das?" fragte Luisa.

In diesem Moment klingelte das Telefon. Luisa ging ran. „Lindemann.... Polizei? ... Ja, ich bin ihre Mutter."

Peter stöhnte verzweifelt. Luisa stellte das Telefon auf laut. „... ein tapferes Mädchen. Sie hat sehr umsichtig reagiert, indem sie uns gleich benachrichtigt hat. Aber natürlich war es ein schwerer Schock, eine leblose Gestalt auf der Straße liegend zu finden. Sie ist völlig außer sich. Es wäre gut, wenn Sie sie hier abholen könnten."

„Sicher. Wo genau, sagen Sie, ist die Unfallstelle? An der Kurve beim Trimm-dich-Pfad? Ja, das kenne ich. Ich bin gleich da."

Sie wandte sich Peter zu: „Hast du das mitbekommen? Mia hat eine verletzte junge Frau auf der Straße gefunden. Das muss passiert sein, kurz nachdem du dort durchgekommen bist. Zum Glück konnte sie ein weiteres Auto durch Handzeichen stoppen. Der hätte sonst glatt das Unfallopfer nochmal überrollt. Unglaublich – das war Fahrerflucht! Dieser Mistkerl! Und es hätte genauso unsere Mia treffen können, stell dir das mal vor."

Peter hatte sich das schon vorgestellt. Ihm war übel, so übel – oder sollte es heißen: Er war übel, ein Mistkerl, wie Luisa ganz richtig gesagt hatte. Aber das Schicksal hatte es trotz allem noch einmal gut mit ihm gemeint: Es war eine Fremde gewesen, nicht Mia! Mia war unverletzt, nur geschockt. Und niemand konnte ihn mit diesem Unfall in Verbindung bringen. Er musste jetzt nur aufpassen, dass er keinen Fehler mehr machte. Sich zusammenreißen, sich nichts anmerken lassen! Nur nicht zu viel Interesse am Unfallopfer zeigen – die Frau war schließlich nur verletzt, nicht tot. Wenn man den Fahrer erwischte, wurde sie davon auch nicht wieder heil.

Luisa stand in der Wohnzimmertür, den Autoschlüssel in der Hand. „Ich fahr jetzt los, Mia abholen."

Als Peter aufstand, meinte sie: „Du8 bleibst besser hier. Das macht keinen guten Eindruck, wenn die Polizei deine Fahne riecht." Und schon war sie weg.

Der Unfallort war unübersehbar, mit dem Blaulicht des Rettungswagens und des Polizeiautos. Mit einem überwältigendem Gefühl von Dankbarkeit lief Luisa zu Mia, die, in eine Decke gehüllt und von Schluchzern geschüttelt, im Streifenwagen saß. Der Rettungswagen fuhr gerade mit Sirene los.

Während Mutter und Tochter in eine tröstliche Umarmung sanken, ging der eine Polizist um das Auto herum, in dem Luisa gekommen war. Interessiert betrachtete er den rechten vorderen Kotflügel. Luisa ging zu ihm hinüber.

„Wie geht es der verletzten Frau?" fragte sie ihn.

„Man kann noch nicht viel sagen", meinte er. „Sie ist immer noch bewusstlos. Sie bringen sie jetzt in die Unfallklinik. Wir vermuten, dass sie mit dem Kopf voraus auf die Straße gestürzt ist." Dann wandte er sich dem Auto zu. „Sagen Sie mal – das ist doch Ihr Auto? Wie lange haben Sie diese Delle hier schon?"

„Oh! sagte Luisa. „Die muss ganz neu sein, die ist mir noch gar nicht aufgefallen. Da hat mein Mann wohl nicht gut aufgepasst."

„Ich fürchte, wir werden uns noch mit Ihrem Mann unterhalten müssen."

KLAUS UND BABSY RÄUMEN AUF

Klaus und Babsy haben ein großes Haus. Sie haben darin immerhin vier Kinder großgezogen. Die wohnen schon länger nicht mehr da. Das ist ganz praktisch, da hat man jetzt im Alter ein bisschen Platz für all die vielen Sachen, die sich im Laufe eines langen Lebens angesammelt haben. Man muss dann nicht immer so viel wegräumen, wenn Besuch kommt. Notfalls schließt man die Kinderzimmer einfach ab, für den Fall, dass ein Gast auf dem Weg zur Toilette die falsche Abbiegung nimmt.

Aber jetzt, wo Klaus in Rente gegangen ist, hat er sich vorgenommen, mal gründlich aufzuräumen. Babsy freut sich schon darauf. Am besten fängt er im Keller an. Der sieht langsam aus, als hätte die ganze Straße ihren Sperrmüll dort zwischengelagert.

Klaus und Babsy haben auch noch eine Garage. Dort soll Klaus auch mal ran. Vielleicht kann man dann sogar das Auto wieder dort abstellen. Es wäre schön, Klaus würde das noch vor dem Winter schaffen. Die Eiskratzerei ist nun wirklich allmählich nichts mehr für alte Leute.

Sogar einen Schuppen gibt es noch. Der sieht von innen aus wie eine Nebenstelle der örtlichen Mülldeponie, und von außen ist er auch nicht das, was man üblicherweise als Augenweide bezeichnen würde. Babsy hat schon Pläne: Wenn der Schuppen erst mal leergeräumt ist, soll das hässliche

Ding abgerissen werden. Babsy will dort ein großes Stauden-beet anlegen. Sie will sich nur noch mit bunten Blüten umge-ben und mittendrin wird eine antike Bank stehen – ach, wird das schön!

Aber wie gesagt, erst mal der Keller. Das hässliche braune Sofa aus den 70er Jahren, aus dem schon die Schaumstofffül-lung herausquillt, stellt kein Problem dar. Weg damit zum Sperrmüll. Auch die drei Fußbälle ohne Luft und das Skate-board ohne Räder wegzuwerfen, ist keine schicksalsträchtige Entscheidung und erfolgt in harmonischem Einverständnis. Aber als sie sich zu der verrosteten Waschmaschine vorgear-beitet haben, die vor gut 25 Jahren den Geist aufgegeben hat, wird Klaus aufsässig.

„Die wollte ich doch immer schon reparieren. Jetzt hab ich doch Zeit dafür."

Babsy, die waschmaschinentechnisch deutlich näher in der Neuzeit lebt, stellt sich stur. „Was sollen wir denn mit zwei Waschmaschinen? Unsere jetzige funktioniert doch einwand-frei."

Doch Klaus hat dafür schon eine Lösung parat: „Die jetzi-ge können wir doch bei eBay verkaufen."

Aber Babsy bekommt ihren steinharten Blick, bei dem so-gar Klaus merkt, dass er jetzt nur noch auf Granit beißen kann. Trotzdem will er nicht auf die unerwarteten Heimwer-kerfreuden verzichten und beschließt, dann eben das von ihm persönlich runderneuerte Oldtimerstück zu einem Liebha-berpreis anzubieten. Er ist überzeugt, die Leute werden sich darum reißen. Schließlich handelt es sich da ja um eine echte Antiquität.

Babsy verkneift sich im Interesse der ehelichen Harmonie die Bemerkung, dass ein eventueller Käufer höchstens ein mit Blindheit geschlagener und krankhaft nach Schnäppchen süchtiger Mann sein kann, der unweigerlich nach dem Erwerb dieses Schrotthaufens zur Strafe von seiner Frau erschlagen wird.

Die beiden arbeiten sich weiter durch die Kellerräume. Ein dreibeiniger Stuhl wird beinahe von Klaus und seinem Hamstertrieb gerettet, aber Babsy äußert starke Zweifel, dass man bei eBay ein passendes viertes Stuhlbein ersteigern könnte, was Klaus nach einigem Nachdenken auch einsieht. Der harmonische Verlauf der Aktion scheint nicht unbedingt gefährdet zu sein.

Bei einer wohlverdienten Kaffeepause schwärmt Klaus in den höchsten Tönen von all den Schätzen, die er beim Durchforsten des Kellers entdeckt, bzw. wiedergefunden hat. Babsy schlägt vor, einen Container vors Haus stellen zu lassen, so dass man den ganzen Schrott problemlos und zeitnah entsorgen kann. Dass mit Schätzen und mit Schrott haargenau dieselben Objekte gemeint sind, wird bei konkreten Nachfragen allmählich sichtbar. Für Klaus ist das Kelleraufräumen wie eine Reise ins Wunderland: Alles, was er findet, hat entweder persönlichen Erinnerungswert – wie z. B. die Schultüte, die er zu seiner Einschulung vor ungefähr 60 Jahren bekommen hat – oder er will es bei eBay zu Geld machen wie die drei Akkubohrer und die zwei Stichsägen, die unverhofft aus den Tiefen der Schatzkammer aufgetaucht sind und die er schon mal auf dem Küchentisch zurechtgelegt hat. So dicht dran, endlich mal reich zu werden, war er noch nie im Leben, scheint ihm.

Babsys wichtigstes Utensil hingegen ist der Müllsack, in dem sie gerade die besagten Geräte aus dem Weg schaffen will, als Klaus ihr mit einem wilden Urschrei in den Arm fällt. „Die kannst du doch nicht wegwerfen! Die funktionieren doch noch einwandfrei."

„Warum haben wir dann mehrere davon?" will Babsy wissen.

„Wenn ich dringend einen Akkubohrer brauche und ihn in diesem Durcheinander nicht finden kann, dann muss ich doch einen neuen kaufen. Verstehst du das denn nicht? Das war immer noch billiger, als für jedes Bohrloch einen Handwerker kommen zu lassen."

„Jedenfalls verschwinden die Dinger sofort von meinem Küchentisch, und behalten wird nur ein Bohrer und eine Säge. Die anderen kannst du meinetwegen bei deinem blöden eBay verkaufen."

Klaus reißt die umstrittenen Kostbarkeiten an seine breite Brust, um sie vor dem rabiaten Zorn seiner strengen Gattin zu schützen, und bewegt sich vorsichtig und unauffällig Richtung Tür.

„Halt! Wo willst du die jetzt hinbringen?"

„Du hast gesagt, die müssen sofort vom Tisch verschwinden."

Schließlich einigen die beiden sich nach zähem Ringen darauf, in einem der Kinderzimmer ein Depot mit dem hoffnungsvollen Namen eBay einzurichten. Die eindeutigen Sperrmüllobjekte werden nach draußen geschafft, von wo Klaus hoch und heilig verspricht, sie auf einem geliehenen Anhänger höchstpersönlich zu ihrer letzten Ruhestätte, dem Recyclinghof, zu geleiten.

Nach vielen weiteren Diskussionen über Sein oder Nichtsein der zahllosen nicht mehr genutzten Konsumgüter, mit denen sie einst dazu beigetragen haben, die Konjunktur in Schwung zu halten, wird ihnen beiden am Ende des Tages klar, dass Besitz letzten Endes Bürde ist. Babsy will nie wieder im Leben etwas kaufen, nur noch das Nötigste zu essen und zu trinken und für jeden von ihnen maximal drei Kleidungsstücke pro Jahr. Klaus fragt bescheiden an, ob er denn von dem Geld, das er bei eBay verdienen wird, einen Hobbykeller einrichten darf. Babsy springt ihm ungebremst ins

Gesicht: „Welches Hobby meinst du? Womöglich Müll sammeln?"

Als die beiden schließlich in einen erschöpften Schlaf fallen, träumt Klaus von einer zweiten Karriere als Antiquitätenhändler – dafür braucht er nämlich seinen Hobbykeller. Da wird er all die alten Dinge, die einmal viel Geld gekostet haben, wieder in Ordnung und anschließend an den Kunden bringen.

Babsy träumt von einem unbeschwerten Leben in hellen, leeren Räumen, umgeben von einigen wenigen auserlesenen Dingen – ein Bett, ein Tisch, ein Stuhl (oder auch zwei, schließlich soll Klaus ja auch irgendwo sitzen), vielleicht noch ein Schrank oder auch ein Regal... ein Sessel oder ein Sofa wäre auch schön... und natürlich ein schöner, weicher Teppich... und noch dies... und jenes ... und...

AM HIMMELSTOR

Jakob hatte gerade nach einem langen, gottgefälligen Leben sein letztes Stündchen hinter sich gebracht, und seine von der irdischen Hülle befreite Seele machte sich zuversichtlich auf den Weg zum Himmelstor. Zwar gab es unterwegs diverse Abzweigungen. „Hölle" stand da zum Beispiel oder „Fegefeuer" – beides Lokalitäten, die Jakob mit seinem blütenweißen Lebenslauf erst gar nicht in Betracht zog. Nein, für Leute wie ihn war der Himmel die einzige Option. Sicher wartete dort oben schon das Empfangskomitee.

Er war schon leicht verschnupft, dass das Tor bei seiner Ankunft noch verschlossen war und er die große Glocke läuten musste. Nach einer kleinen Ewigkeit drehte sich ächzend ein Schlüssel im Schloss, und das Tor öffnete sich einen kleinen Spalt weit. Ein Wesen, das er nach seiner Kenntnis der Verhältnisse im Jenseits als Petrus identifizierte, fragte: „Was willst du denn hier?"

Jakob, zunächst etwas verärgert wegen des mangelnden Respekts, der hier seiner erstklassigen Seele entgegengebracht wurde, schluckte seinen aufkommenden Zorn hinunter und erklärte sich das Verhalten von Petrus damit, dass ja wohl auch im Himmel nicht jeder allwissend sein konnte.

„Ich bin der Jakob aus Obertupfing, gerade frisch verstorben, und möchte gerne in den Himmel."

„Da kann ja jeder kommen", meinte Petrus. „Was hast du denn für Qualifikationen?"

Mit sowas hatte Jakob nun schon gar nicht gerechnet. Seine letzte Bewerbung um einen Arbeitsplatz lag schon so lange zurück, dass er sich kaum noch an irgendwelche Qualifikationen erinnern konnte. Die hatte er auch noch nie gebraucht, denn er hatte ja den Betrieb seines Schwiegervaters übernommen. Das war auch das Mindeste – der Alte war ja so froh, dass seine hässliche Tochter doch noch unter die Haube kam. Gerade noch rechtzeitig dämmerte es ihm, dass an einem Ort wie diesem vielleicht doch etwas anderes unter Qualifikationen zu verstehen war. „Ich hab immer die zehn Gebote befolgt, war ein treues Mitglied der katholischen Kirche und habe regelmäßig meine Kirchensteuer bezahlt", sagte er schnell, bevor das Tor womöglich wieder zugeschlagen wurde.

„Das werden wir gleich sehen", meinte Petrus. Er schnippte mit den Fingern, worauf eine hübsche kleine Wolke angesegelt kam, auf der ein Laptop lag. Er tippte darauf herum. „Ah, hier haben wir ihn ja schon – Jakob aus Obertupfing. Also das mit den zehn Geboten stimmt schon mal nicht. Du hast sowohl deines Nachbarn Hab und Gut, als auch seine hübsche Frau begehrt. Vielleicht hast du es ja nicht mal vor dir selbst zugegeben – beim achten Gebot hapert's nämlich auch –, aber wir hier oben wissen alles. Und solche verlogenen Typen, die nicht einmal zu sich selbst ehrlich sind, die können wir hier nicht brauchen."

„Aber ich hab doch gar nichts mit der gehabt", regte Jakob sich auf.

„Das lag allerdings nur daran", klärte Petrus ihn auf, „dass sie erstens kein Interesse an dir und zweitens die Sache mit der ehelichen Treue besser im Griff hatte. Deine schöne Nachbarin ist übrigens schon hier, genau wie deine Frau. Die beiden haben eine Menge Spaß, vor allem wenn sie sich über dich unterhalten. Dieses himmlische Vergnügen können wir den beiden nicht verderben, indem wir dich plötzlich hier rein lassen."

Jakob bekam es allmählich mit der Angst. „Aber es gibt doch sicher auch noch andere Abteilungen. Vielleicht könnt ihr mich ja auf einer weiter entfernt liegenden Wolke unterbringen. Schließlich war ich mein Leben lang ein guter Katholik."

„Ach ja?" kam es von Petrus. „Und du hast dein Leben lang geglaubt, dass alle Katholiken automatisch in den Himmel kommen? Ich will dir mal was verraten: Wir haben hier schon reihenweise Päpste abgewiesen. Die haben nicht schlecht gestaunt, dass sie uns mit ihrer sogenannten Unfehlbarkeit nicht beeindrucken können."

Auch Jakob staunte. Neugierig fragte er: „Und warum wurden die abgewiesen?"

„Also die meisten wegen Machtgier und Volksverdummung. Aber es gab auch Fälle, da haben sie großartige Naturwissenschaftler auf den Scheiterhaufen geschickt. Oder Nazi-Größen mit falschen Pässen zur Flucht vor ihrer gerechten Strafe verholfen. Da kann einer so katholisch sein, wie er will, da sind wir stur. Dass die sich überhaupt bis hierher getraut haben!"

Jakob dachte scharf nach, ob er die Frage, die ihm auf der Zunge lag, überhaupt stellen durfte. Aber dann nahm er seinen ganzen Mut zusammen und fragte: „Sag mal, Petrus, kann es sein, dass ihr hier oben was gegen Katholiken habt?"

„Ach wo", lachte Petrus, „wir sind hier 100%ig für Religionsfreiheit. Leider kapiert ihr Erdenbürger nur nicht, was hinter dem Begriff steht. Religionsfreiheit – das bedeutet frei von jeglicher Religion. Mit der Geschichte der Menschheit von Anbeginn vor Augen, kann man die schädlichen, oft tödlichen, Auswirkungen von Religion nicht mehr übersehen. Von den Kreuzzügen über die Inquisition und den Dreißigjährigen Krieg bis hin zum Nordirlandkonflikt und dem Pulverfass Nahost haben gläubige Menschen im Namen ihrer Religion Mitmenschen anderer Religion getötet. Es soll mir bloß keiner kommen und sich unter Berufung auf seine Religion hier oben niederlassen wollen. Was glaubt ihr denn, was dann im Himmel los wäre? Wir müssten hier ein Netz von Zäunen und Mauern haben, damit keine religiöse Gruppierung mitbekommt, dass auch noch feindliche Glaubensgemeinschaften hier rein dürfen. Dann schon lieber religionsfrei, wie gesagt."

Jakob war schockiert. „Heißt das, ihr habt hier im Himmel lauter Atheisten?"

„Nein, nein, natürlich nicht. Bei uns darf jeder glauben, was er will. Fromme Seelen sind bei uns immer willkommen – allerdings nur, wenn sie nie versucht haben, andere zu ihrer vermeintlich einzig richtigen Religion zu bekehren. Für uns spielt es absolut keine Rolle, ob sie Zeus, Jupiter, den katholischen oder protestantischen Gott, Jehova, Allah oder Naturphänomene anbeten. Hauptsache, sie gehen friedlich miteinander um und schlagen nicht die anderen tot, die sich die Freiheit erlauben, an etwas anderes zu glauben."

„Das finde ich ganz schön hinterhältig", regte sich Jakob auf. „Mir hat man mein ganzes Leben lang eingeredet, dass man nur in den Himmel kommt, wenn man gut katholisch ist. Und jetzt steh ich da und darf nicht rein! Da hätte man mich doch wenigstens höheren Ortes mal warnen können!"

„Jetzt aber mal langsam, Freundchen", mahnte Petrus mit ernster Miene. „Unser Chef, also der liebe Gott, wie ihr ihn nennt, hat jedem von euch einen Verstand mitgegeben, mit dessen Hilfe ihr einwandfrei Gut und Böse unterscheiden könnt. Bei etwaiger Mangelversorgung hat er sogar hier und da eine zusätzliche Portion Hirn runtergeworfen. Aber warum seid ihr auch so blöd und geht in Deckung, wenn ihr der

Wahrheit ins Auge blicken könntet? Manchmal glaube ich echt, ihr Menschen seid allergisch gegen Wahrheit. Oder noch schlimmer, jeder baut sich seine eigene Wahrheit zusammen. Und dann haut er mit seiner Wahrheit auf die Wahrheit der anderen ein. Und schon haben wir den Salat!"

Jakob fühlte sich allmählich wie ein kleiner Schuljunge, der von seinem Lehrer ungerechterweise zusammengefaltet wird und nachsitzen muss. Nur dass diesmal das Nachsitzen vermutlich in enorm hochgeheizten Räumlichkeiten stattfinden würde. Entsprechend zerknirscht fragte er: „Und was wird denn jetzt mit mir?"

Petrus konnte sich ein Grinsen nicht verkneifen. „Als guter Katholik glaubst du jetzt sicher, dass du entweder in die Hölle oder zumindest ins Fegefeuer musst."

Jakob nickte, und ihm wurde vorsichtshalber schon mal ganz schön warm.

„Aber", fuhr Petrus fort, „wir sind doch keine erbarmungslosen Extremisten. Bei uns kommen solche Leute wie du erst mal in Quarantäne. Dort stellen wir unter Laborbedingungen entscheidende Situationen aus deinem Leben nach. Du bekommst also im Grunde eine zweite Chance und kannst dein Fehlverhalten aus deinem vergangenen Leben korrigieren."

„Au ja", jubelte Jakob, „das wird bestimmt toll. Jetzt weiß ich ja, wie's geht."

Petrus führte ihn in die Quarantäneabteilung und ließ ihn alleine. Durch eine nur von außen transparente Scheibe beobachtete er, wie Jakob seinen zukünftigen Schwiegervater traf, der ihm eine Karriere als Nachfolger und Schwiegersohn in Aussicht stellte. Jakobs Mimik ließ nicht Gutes erwarten. Petrus wunderte sich gar nicht. „Das wäre der erste, der denselben Blödsinn nicht nochmal macht", murmelte er in seinen Bart.

Wo die Liebe hinfällt

DIE STERNE LÜGEN NICHT!

Marie würde es empört von sich weisen, wenn man sie als abergläubisch bezeichnen wollte. Sie hat keine Angst vor Freitag, dem 13., und eine schwarze Katze, die ihr über den Weg läuft, würde sie höchstens streicheln, wenn sie sie noch erwischen könnte. Sie hat noch nie auf Holz geklopft, und sie sammelt auch keine vierblättrigen Kleeblätter oder gar Hufeisen.

Nur in einem Punkt ist sie unerbittlich: Sternzeichen sind für sie tierisch ernst zu nehmen. Sie selbst ist Wassermann und zu ihrem eigenen Glück davon überzeugt, genau das richtige Datum für ihre Ankunft auf dieser unserer Erde ausgesucht zu haben, um bei diesem vorzüglichen Sternzeichen zu landen. Wassermänner sind für sie die absoluten Gewinnertypen. Sie liest zwar jedes Horoskop, aber glaubt nur daran, wenn es für Wassermänner Gutes vorhersagt. Anderslautende Horoskope sind schlicht und einfach von ignoranten Stümpern verfasst.

Natürlich interessiert sie sich brennend dafür, zu welchem Sternzeichen die Menschen in ihrer Umgebung gehören. Dabei hat sie eine deutliche Vorliebe beziehungsweise Abneigung, was bestimmte Sternzeichen betrifft. Keine Chance haben bei ihr die bedauernswerten Geschöpfe, die dem Widder zuzuordnen sind. Bei Widder hat sie sofort die Assoziation „widerlich". Mit denen möchte sie nichts zu schaffen haben. Skorpione findet sie auch nicht so lecker, aber die sind wenigstens noch ein bisschen exotisch.

Morgens beim Frühstück liest sie wie immer ihr Horoskop: „Der heutige Tag bringt dem Wassermann eine beeindruckende Begegnung mit einer Jungfrau, die seinem Leben eine völlig neue Richtung geben wird. Die Sterne stehen günstig für den Beginn einer glücklichen Beziehung. Greifen Sie zu, Sie werden es nicht bereuen. Aber hüten Sie sich vor Widdern. Diese stehen Ihrem Glück im Wege und sind nur darauf bedacht, Ihnen Schaden zuzufügen."

„Wusste ich es doch!" denkt Marie. Widder sind einfach nichts für mich. Die Sterne müssen es ja schließlich wissen. Frohgemut und erwartungsvoll schwingt sie sich auf ihr Fahrrad, um zur Arbeit zu fahren. Kurz vor der Buchhandlung, in der sie arbeitet, passiert es dann: Ein sogenannter Kampfradler kommt ungebremst um die Ecke geschossen und kollidiert so heftig mit Marie, dass er die Arme zu Fall bringt und selbst auch zu Boden geht. Zum Glück passiert beiden nicht viel, ein paar Schürfwunden und vermutlich ein paar blaue Flecken, die wahrscheinlich noch ein paar Tage lang ziemlich schmerzhaft an die stürmische Begegnung erinnern werden. Der junge Mann ist trotzdem untröstlich, denn im Grunde seines Herzens ist er ja kein Rowdy, er hatte es eben nur ausnahmsweise ein bisschen eilig.

Aber was immer so wichtig war, jetzt wird es aufgeschoben. Schließlich kann er das nette Mädchen, das er umgemangelt hat, nicht einfach auf dem Boden liegen lassen. Unter tausend Entschuldigungen hilft er ihr auf die Beine, fragt sie, ob sie sich was getan hat, verspricht ihr, das lädierte Fahrrad wieder in Ordnung zu bringen – und noch bevor Marie so richtig verstanden hat, was eigentlich passiert ist, hat sie sich mit dem netten Unbekannten zum Mittagessen verabredet. Er will sie unbedingt einladen: „Das ist doch das Mindeste, was ich zur Wiedergutmachung tun kann."

Wie betäubt humpelt Marie in die Buchhandlung und denkt: War das jetzt die beeindruckende Begegnung aus dem Horoskop? Und ist er womöglich im September geboren und daher Jungfrau? Oder ist er vielleicht eher der Widder, vor dem ich mich hüten soll? Der Vormittag vergeht mit zahlreichen Spekulationen über die Folgen des spektakulären Zusammentreffens. Sie ist stark in Versuchung, bei ihrer Arbeit Zeichen zu erkennen. So in der Art: Wenn ich bis zur Mittagspause zehn Liebesromane verkauft habe, geht alles gut. Doch wie frustrierend – alle Welt kauft Krimis. Wenn das bloß nichts Böses bedeutet! Aber sie ist ja schließlich nicht abergläubisch. Trotzdem, ein Zeichen ist ein Zeichen und darf nicht einfach unter den Tisch gekehrt werden.

Voller Spannung geht sie schließlich in ihre Mittagspause und lenkt ihre Schritte, so schnell es die morgendlichen Blessuren erlauben, zu dem Café, das ihr Unfallgegner vorgeschlagen hat. Da sitzt er auch schon und winkt ihr zu. Schon mal ein Pluspunkt, denkt Marie, auf jeden Fall ist er pünktlich. Eine weitere von Maries Macken ist es nämlich, dass sie es als persönlichen Affront empfindet, auf andere Menschen warten zu müssen.

Die anfängliche Befangenheit ist schnell überwunden. Der schon nicht mehr ganz so Fremde – schließlich hat Marie sich in Gedanken stundenlang mit ihm beschäftigt – heißt Paul und stellt sich als unkomplizierter Gesprächspartner heraus. Die beiden entdecken bald außer Radfahren noch mehr Gemeinsamkeiten, und der Sympathiefunke springt munter zwischen ihnen hin und her. Marie ist schlicht und einfach glücklich.

Da fällt ihr Blick zur Tür, und herein spaziert Maggy, die sie vor 20 Jahren im Sandkasten kennengelernt hat und schon damals nicht leiden konnte. Maggy war übrigens der erste Widder, der ihr das Leben schwer gemacht hat. Damals ging es noch um weggenommene Schäufelchen und ins Gesicht geworfenen Sand, inzwischen fährt sie stärkere Geschütze auf. Mit dem Feingefühl einer Dampfwalze ausgestattet, taucht sie von Zeit zu Zeit in Maries Leben auf und macht alles platt. Jetzt ist natürlich genau der allerfalscheste Moment für einen erneuten Maggy-Auftritt. Marie schaut angestrengt in eine andere Richtung, aber Maggy hat schon Witterung aufgenommen und kommt an den Tisch, an dem gerade das zarte Pflänzchen Zuneigung zu sprießen beginnt.

„Na, so ein Zufall, die kleine Marie!" trompetet sie lautstark und zieht sich vom Nebentisch einen weiteren Stuhl heran. Marie kann nichts dagegen tun. Schließlich handelt es sich nicht um ein abendliches Candlelight-Dinner im Chambre Séparée, sondern um einen schnellen Mittagsimbiss in einem gut besuchten Café. Maggy ist von Kopf bis Fuß teflonbeschichtet und merkt nicht, dass sie stört. Im Gegenteil, sie übernimmt sofort die Gesprächsleitung.

„Willst du mir nicht deinen neuen Freund vorstellen?" fragt sie ungeniert, während sich Marie vor Peinlichkeit windet. „Das ist Paul", sagt sie schließlich. „Wir sind heute Morgen mit dem Fahrrad zusammengestoßen."

„Huch, wie romantisch! Dann hast du ihn ja womöglich noch nicht einmal nach seinem Sternzeichen gefragt. Weißt du, Paul, Marie hat da so eine kleine Marotte. Sie glaubt fest an die Kraft der Sterne und liest jedes Horoskop, das ihr in die Finger kommt."

„Nun übertreib mal nicht so", versucht Marie sich zu wehren.

Aber schon ist Maggy beim nächsten Zug: „Wie ist's? Willst du nicht ihre unerträgliche Neugier stillen und uns dein Sternzeichen verraten?"

Nachdem Maries Gesichtszüge bereit entgleist sind, ist jetzt Paul an der Reihe, entgeistert zu schauen. Was keines der beiden Mädchen wissen kann, auch Paul hat Probleme mit den Sternen. Oder besser gesagt mit Leuten, die ihn nach seinem Sternzeichen fragen. Er bringt es nämlich nicht über sich, zu den beiden zu sagen: „Ich bin Jungfrau." Was für ein blöder Satz aber auch aus dem Mund eines bis über die Ohren mit Testosteron angefüllten jungen Mannes, und dann auch noch vor dem Mädchen, in das sich zu verlieben er gerade im Begriff ist.

Blitzschnell beschließt er zu lügen. Da er, genau wie Marie, Maggy spontan widerlich findet, fällt ihm auch sofort ein Ausweichsternzeichen ein: „Ich bin Widder", behauptet er, ohne rot zu werden. Im selben Moment erlischt der letzte Rest von Maries glücklicher Ausstrahlung. Sie sitzt wie ein verwelktes Blümchen zusammengesunken vor dem Rest lauwarmen Kaffees und hat nicht einmal mehr genug Energie, um Maggy, die alte Kindheitsfeindin, aus tiefster Seele zu hassen.

Maggy dagegen ist voll in Fahrt. „So ein Pech aber auch!", ruft sie triumphierend aus. „Schade, dass Marie Widder hasst. Ich bin nämlich auch Widder, ich hab das schon oft zu spüren bekommen. Nun wird es ja wohl leider doch nichts mit euch beiden."

Maggy schaut Paul schmachtend an, Paul versucht, Marie in die Augen zu schauen, Marie schaut in ihre Kaffeetasse. Die Situation ist eindeutig verfahren. Maggy will Paul, Paul will Marie, Marie will nach Hause, um sich in Ruhe ausheulen zu können.

Doch Paul ist nicht nur gutaussehend und charmant, er ist auch ein Mann der Tat. Sterne und Marotten hin oder her. Er ist doch kein Spielball von Maggys Intrigen! Mannhaft zückt er seinen Ausweis und legt ihn vor Marie, mit dem Finger auf sein Geburtsdatum zeigend: 15. September. Er ergreift ihre Hände und sagt: „Ich werde dich nie wieder anlügen!" In Maries Gesicht geht die Sonne wieder auf, und sie sagt: „Die Sterne lügen schließlich auch nicht."

DIE PRINZESSIN AUF DER ERBSE

Es soll in grauer Vorzeit angeblich einen Prinzen gegeben haben, der ausdrücklich darauf bestand, dass seine Auserwählte ein besonders empfindsames Exemplar der Gattung Mensch sein sollte. Für dieses wichtige Auswahlverfahren entwickelte seine Mutter – die erste Helikopter-Mutter in der Geschichte der Menschheit - sogar extra einen Test. Sie bereitete den Kandidatinnen ein Bett und legte eine rohe Erbse mehrere Matratzen. Nur wer sich von dieser Erbse durch die Matratze hindurch gestört fühlte, kam eine Runde weiter. Ich hab's mal ausprobiert: Also, ich kann eine Erbse auch schon unter einer einzigen Matratze nicht spüren, wäre also auf der Stelle beim ersten Durchgang bereits rausgeflogen. Zum Glück hatte ich nie ein gesteigertes Interesse an näherem Kontakt zu dermaßen bescheuerten Prinzen.

Das Rennen machte dann anscheinend ein zartes weibliches Wesen, das diese Erbse noch bei zwanzig übereinandergelegten Matratzen spürte. Wobei ich mich frage, wie dieses empfindliche Geschöpf es überhaupt geschafft hat, die Höhe von zwanzig aufeinander liegenden Matratzen zu erklimmen. Wahrscheinlich hatte der Prinz einen Gabelstapler neben dem Bett stehen. Wir werden es wohl nie erfahren, denn über solche nichtigen Details schweigt sich Hans Christian Andersen aus.

Er erzählt vorsichtshalber auch nichts darüber, wie der eheliche Alltag des glücklichen Paares verlief. Deshalb muss der geneigte Leser auch diesbezüglich seine eigenen Überlegungen anstellen. Meiner bescheidenen Meinung nach muss der Prinz auf jeden Fall strunzdoof gewesen sein. Denn welcher erwachsene Mensch mit einem altersgemäßen Maß an Lebenserfahrung tut sich sowas freiwillig an – für den Rest seines Lebens an ein derartiges Sensibelchen gebunden zu sein? Märchenhaft sieht jedenfalls für mich anders aus.

Manchmal passiert es ja auch aus Versehen, oder man ist beim Auswahlverfahren vorübergehend mit geistiger Umnachtung geschlagen. So wie Jan, als ihm seine Greta über den Weg lief. Klein, zierlich, mit hilflosem Augenaufschlag aktivierte sie im Handumdrehen alle seine bislang brachliegenden Beschützerinstinkte, für die all die selbstbewussten, emanzipierten Frauen, von denen er sonst hauptsächlich umgeben war, keine Verwendung hatten.

Die jugendliche Greta erforderte einen Betreuungsaufwand, für den so mancher Neunzigjährige dankbar wäre, wenn er ihn kriegen könnte. Man kann zwar mit gutem Recht annehmen, dass sie das Öffnen und Schließen von Türen in der Theorie beherrschte und auch im praktischen Alltag durchaus hinkriegte. Sobald aber ein männliches Wesen in Sichtweite war, blieb sie gedankenverloren neben dem Auto stehen, in der einen Hand ein Täschchen, mit der andern an ihrem üppigen Haupthaar fummelnd. Jan kapierte sehr schnell, dass er Greta zu Hilfe eilen musste, wenn er Wert darauf legte, dass sie ihn auf dem Beifahrersitz begleitete.

Apropos Autofahren: Greta hatte es zwar bei aller Lebensuntüchtigkeit geschafft, einen Führerschein ihr eigen zu nennen, aber selber fahren und womöglich andere, robustere Menschen mit ihren zarten Händchen irgendwo hin zu kutschieren, das vertrug sich nicht mit der Rolle, die ihr von Natur aus zustand. Schon der Gedanke daran, welchen Schaden die Umwelt durch das Autofahren erleiden musste, brach ihr fast das Herz. Da war ihr schon wohler, wenn andere am Steuer saßen und die Drecksarbeit für sie erledigten.

Auch in anderen Lebensbereichen machte Jan erstaunliche Entdeckungen. Bisher hatte es für ihn kein Problem dargestellt, wenn ihn plötzlich der Hunger überkam. Auch als er schon dem Döner-Kebab-Pizza-Currywurst-Alter entwachsen war, fand er jederzeit und überall etwas, mit dem er seinen Hunger auf unkomplizierte Weise stillen konnte. Mit Greta an seiner Seite war damit definitiv Schluss. Die Speisekarte, auf der Greta etwas Verzehrbares fand, an dem sie nicht in Kürze ersticken oder innerlich verbluten würde, die muss erst noch geschrieben werden. Denn natürlich ist so ein sensibles Wesen gegen alles allergisch. Laktose- und Glutenintoleranz hat ja nun schon fast jeder, und Vegetarier gibt es auch schon wie Sand am Meer. Man könnte natürlich Veganer sein, das ist schon ein bisschen spannender. Aber bei Greta lag der Fall nochmal ganz anders: Ihre Allergien wechselten je nach Angebotslage. Was immer man ihr anbot, sie fand darin garantiert einen Bestandteil, der sich mit ihrer Gesundheit nicht vereinbaren ließ.

Sie war der Schrecken aller Gastgeber, denn wer wollte schon aus Versehen am vorzeitigen Ableben einer Prinzessin in der Blüte ihrer Jahre schuld sein? Vielleicht weil er die Bestandteile der verwendeten Gewürzmischung nicht akribisch studiert hatte oder das Geschirr mit dem falschen Spülmittel gereinigt hatte? Es war auch nicht lustig und für einen gelungenen Abend mit Freunden nicht förderlich, wenn eine bleiche, verhärmte Greta, mit Leidensmiene auf all die Köstlichkeiten verzichtend, mit am Tisch saß. Es kam sogar vor, dass sie in Tränen ausbrach, wenn ihre Tischgenossen mit gutem Appetit gegrillte Lammkoteletts aßen, anstatt aus Mitleid mit den süßen kleinen Lämmchen daran zu ersticken. Aber wir leben nun einmal in einer demokratischen Gesellschaft, in der unterschiedliche Meinungen toleriert werden (zumindest im Moment noch), und ein wohlerzogener Vegetarier isst dann eben Salat und Kartoffeln, anstatt seine Gastgeber durch die Rumheulerei zu brüskieren. So kam es, dass Jan, seit er mit Greta zusammen als Paar auftrat, immer seltener eingeladen wurde.

Nun gibt es außer Essen natürlich jede Menge anderer Aktivitäten. Aber auch da setzte Gretas zerbrechliche Konstitution enge Grenzen. Jan war ja von Natur aus eher so der Outdoor-Typ mit gesteigertem Bewegungsdrang. Aber was immer er vorschlug, für Greta war das alles nicht machbar. Fahrradfahren ging nicht. Dazu war sie zu schwach, und außerdem würde der Helm ja ihre Frisur zerdrücken. Beim Wandern taten ihr nach wenigen Minuten die Füße weh. Außerdem litt sie unter der Vorstellung, jemand könnte sie mit diesen unförmigen Wanderschuhen an den zarten Füßchen sehen. Wassersport ertrug sie nur in Form von Sonnenbaden am Strand mit einem Jan an ihrer Seite, der sie regelmäßig neu einölte, damit sie von allen Seiten knusprig aussah. Und Urlaub im Zelt, so wie Jan ihn bis dahin gewohnt war? Die Frage erübrigt sich, denn im Zelt spürt man nicht nur die eine einzige Erbse, sondern jede Menge Steine und Baumwurzeln durch die dünne Isomatte durch.

Solange die Verblendung durch die hormonelle Fehlsteuerung der ersten Verliebtheit noch funktionierte, tat Jan brav alles, was seine Greta wünschte. Aber nach einer angemessenen Zeit auf Wolke sieben begann er dann doch, seinen gewohnten irdischen Alltag zu vermissen. So machte er sich gelegentlich auf, um mit seinen alten Kumpels etwas zu unternehmen. Schließlich hatte er ja noch nicht den entscheidenden Schritt zum Standesamt gemacht und bildete sich deshalb fälschlicherweise ein, immer noch ein freier Mann zu sein.

Bis zu dem Augenblick, als die Freundin von Jans bestem Kumpel Greta fragte, ob sie nicht auch mal Lust hätte, zum Kegeln mitzukommen. Das sei immer ganz lustig. So fand Greta heraus, dass sich Jan nicht nur mit seinen alten Kumpels traf, sondern dass bei den Treffen durchaus auch manchmal die eine oder andere Freundin oder Ehefrau dabei war. Die seelische Erschütterung, die diese Erkenntnis auslöste, war unvorstellbar und führte auf direktestem Weg in die Katastrophe. Um es kurz zu machen: Jan fand seine Greta malerisch auf die Couch drapiert, nur noch schwach atmend, mit einer leeren Packung Schlaftabletten neben sich. Entsetzt schüttelte er sie, um sie aufzuwecken, schleppte sie ins Bad und brachte sie dazu, sich zu übergeben. Endlich schlug sie die Augen auf, die sich bei Jans Anblick mit den wohlbekannten Tränen füllten.

Neben seiner grenzenlosen Erleichterung fühlte Jan unwillkürlich ein vages Schuldgefühl in sich aufsteigen. Warum hatte sie das getan? Stückweise brach die Antwort auf diese wichtige Frage aus Greta heraus: Sie war von aller Welt verlassen, sie wurde betrogen und aus der Gemeinschaft ausgeschlossen, sie lag leidend zu Hause rum, während der wichtigste Mensch in ihrem Leben sich mit anderen Frauen vergnügte. Jan war perplex und erkannte sein Verhalten in dieser Beschreibung nicht wieder. Fast hätte er Greta gefragt, wer denn der wichtigste Mensch in ihrem Leben war, der sie mit anderen Frauen betrog. Er jedenfalls nicht! Er war nur beim Kegeln!

Und dann fiel der Satz: „So kann man doch mit jemandem wie mir nicht umgehen!"

Soso, dachte Jan, mit anderen aber wohl schon. Andere kann man beleidigen, indem man ihr Essen als ungenießbar hinstellt. Andere kann man rumscheuchen, weil man für jeden Handgriff angeblich zu schwach ist. Anderen kann man sogar die Schuld am eigenen Freitod aus nichtigem Anlass in die Schuhe schieben.

Jan sah blitzartig sein Leben mit Greta an seiner Seite vor sich: Ein lustiger Abend mit Freunden auf der Kegelbahn war ein Verbrechen. Normale Menschen waren unsensible Trampeln, die mit Greta nichts gemeinsam hatten und mit denen sich zu treffen eine Majestätsbeleidigung war. Greta wollte lieber sterben, als die Aufmerksamkeit ihres Partners mit anderen zu teilen. Jan hatte das Gefühl, als legte sich ihm eine eiserne Hand um den Hals – er bekam kaum noch Luft.

Nächstes Mal lass ich sie liegen! Als dieser gehässige Gedanke ihm durch den Kopf ging, wusste er, dass es Zeit war zu gehen. Er hatte ihr die Sterne vom Himmel geholt, aber jetzt hatte er gute Lust, sie wieder raufzuhängen, zusammen mit den Glacéhandschuhen, die im Umgang mit Greta nötig waren. Die Vorstellung hatte etwas Befreiendes. Noch war es nicht zu spät für ein Leben ohne den ganzen Prinzessinnenscheiß, und der Zeitpunkt war günstig: Die Schlaftabletten waren alle!

Jan wusste ja nicht, dass Greta die Tabletten gar nicht geschluckt, sondern nur in den Mülleimer geworfen hatte. Aber das hätte auch nichts geändert – im Gegenteil!

„ES IST ALLES AUS!"

„Sagen Sie Ihrem Mann, es ist alles aus!", sagte die weibliche Stimme am Telefon. Anette wollte schon aus alter Gewohnheit entgegnen: „Ja, ich werde es ihm ausrichten", als ihr mit verspäteter Schockwirkung bewusst wurde, was sie da soeben gehört hatte.

„Wer spricht denn bitte?", fragte sie. Ein Lachen, und dann wurde aufgelegt. Es war nichts Neues für sie, für ihren Mann Nachrichten anzunehmen, um sie später an ihn weiterzuleiten. Kollegen riefen an, um Termine abzusprechen, oder auch Eltern von Schülern, um sich über die falsche Einschätzung durch den bösen Lehrer zu beschweren, manchmal auch um sich Rat zu holen, was man mit dem faulen Gör denn noch machen sollte. Wie auch immer, Anette war zur Stelle, um alles treu zu notieren, denn seit sie der Liebe wegen nach Flensburg gezogen war, hatte sie noch keine Arbeit gefunden.

Angefangen hatte alles vor drei Jahren, als sie auf der Rückreise von einem Schwedenurlaub mit ein paar Freunden in Flensburg Zwischenstopp gemacht hatte. Sie waren alle von dieser Stadt hingerissen, denn bisher war ihnen dazu immer nur die Verkehrssünderkartei eingefallen. Aber als sie an jenem warmen Sommerabend auf dem Nordermarkt saßen und über die Hafenspitze hinweg auf die stilvoll renovierten Häuser von Jürgensby blickten, spülten sie mit einem kräftigen Schluck Flensburger Pilsener die letzten Reste ihrer süddeutschen Vorurteile über den kalten, regnerischen Norden weg.

Als sie zu fortgeschrittener Stunde im Krusehof an der roten Straße mit Jan und seinen Freunden ins Gespräch kamen, war es um Anette geschehen. Wer hatte je etwas von sturen Nordlichtern gesagt? Für Anette ging mitten in der Nacht die Sonne auf, und es wurde ganz schnell klar, dass sie nicht das letzte Mal nach Flensburg gekommen war. Es folgte eine Zeit des Pendelns zwischen Nord und Süd, und nachdem sowohl sie, als auch Jan viele Stunden von vielen Wochenenden im ICE verbracht hatten, beschlossen sie, Abhilfe zu schaffen.

Und nun dies: „Sagen Sie Ihrem Mann, es ist alles aus!" Er hat eine andere, dachte sie. Auch wenn es jetzt aus ist, Tatsache bleibt, dass er mich betrogen hat. Jetzt weiß ich auch, warum er dauernd Konferenzen hat. Und dann jammern über zu wenig Zeit fürs Privatleben! Aber dem werde ich's zeigen! Am liebsten würde ich diesem blöden Weib den Hals umdrehen! Wenn ich die zu fassen kriege…

Halt, stopp! Die Nummer müsste doch gespeichert sein… Taste drücken und – richtig: 87996. Anette wählte die Nummer und wartete mit klopfendem Herzen. Am anderen Ende klingelte es endlos. „Jensen", sagte eine erwartungsvoll klingende Frauenstimme. In Panik legte Anette auf. Dann holte sie das Örtliche Telefonbuch und blätterte mit zitternden Händen.

„Jansen… Jean Pascal… ah, da: Jensen! Meine Güte, sind das viele. Haben die hier in Flensburg denn keine anderen Namen?" Schließlich fand sie mit Hilfe der Nummer den gesuchten Eintrag: Jensen, Eva – und die Adresse! Und diese lag praktischerweise auf Jans Schulweg. „Die guck ich mir an", dachte Anette, wild entschlossen. Ich fahr da hin und will sehen, was sie hat, das ich nicht habe. Und zwar jetzt! Jan hat ja mal wieder Konferenz, vielleicht ertappe ich ihn in flagranti. Und dann such ich mir einen Scheidungsanwalt, und vielleicht krieg ich ja meinen alten Job dort unten im Süden wieder, und überhaupt, hier regnet es schon tagelang, was soll ich denn noch hier? Und nein, geheult wird jetzt nicht, zuerst muss ich dieser Eva die Augen auskratzen.

Bevor der Mut sie wieder verlassen konnte, schwang sich Anette auf ihr Fahrrad und fuhr durch Wind und Regen die paar Straßen zu der bewussten Adresse. Außer Atem kam sie an dem Wohnblock an, und als sie vor der Wohnungstür mit dem Namen Jensen stand, drückte sie ganz schnell auf die Klingel, denn ein zweites Mal würde sie so viel Courage nicht aufbringen.

Die Tür wurde geöffnet, und eine Frau in bequemen Jogginghosen und weitem Sweatshirt und mit ein paar Kilos zu viel auf den Hüften sagte freundlich: „Moin, was kann ich für Sie tun?"

„Die ist ja mindestens zehn Jahre älter als ich", dachte Anette schockiert, und dann hörte sie sich selbst laut und deutlich sagen: „Warum konnten Sie meinen Mann nicht in Ruhe lassen?"

Erschrocken sah sich die Frau, die ja wohl diese Eva Jensen sein musste, im Treppenhaus um und flüsterte: „Wollen Sie nicht lieber hereinkommen?"

Durch eine Tür drang sogenannte Musik von der Art, für die Anette sich schon lange zu alt fühlte. Man hörte Stimmen und pubertäres Gekicher. Anette folgte der Frau in eine gemütliche Wohnküche. Nachdem Eva Jensen die Tür geschlossen hatte, drehte sie sich zu Anette um und sagte leise: „Es tut mir leid, das habe ich nicht gewusst."

Bei diesen freundlichen Worten brach das ganze Elend über Anette zusammen, und zu ihrem eigenen Entsetzen fing sie in dieser fremden Küche an zu weinen. Das vage Gefühl, dass hier etwas nicht stimmen konnte, versickerte zusammen mit Anettes Tränenstrom in einem Packen Taschentücher, die ihr Eva Jensen reichte.

„Ich mach uns erst mal etwas Kräftiges zu trinken", sagte Eva und setzte Milch auf. Dann tat sie Kakaopulver in zwei Tassen, gab die heiße Milch darüber und kippte einen großzügigen Schuss Rum rein. Noch ein Klecks Sahne drauf, und sie stellte die dampfende Tasse vor Anette.

„Tote Tante", meinte sie dazu.

„Wie bitte?" stammelte Anette verstört und brach von neuem in Tränen aus.

„Das Getränk heißt so", erklärte Eva. „Trinken Sie, das wird Ihnen gut tun."

Anette probierte einen Schluck.

„Männer sind sowas von mies", sagte Eva. „Sie führen ein Doppelleben, und wir Frauen sind immer die Dummen."

„Ich hätte es merken müssen", schluchzte Anette. „Er war so selten zu Hause, aber er hatte immer eine plausible Erklärung. Ich habe ihm vertraut."

„Ich auch. Er hat ja nie von Ihnen gesprochen. Ich hatte ja keine Ahnung, in was für eine Situation er mich da brachte. Glauben Sie mir, es war nie meine Absicht, in eine fremde Ehe einzubrechen. Das muss man sich mal vorstellen: Da macht der Mann Zukunftspläne mit mir, und zu Hause hat er eine Ehefrau sitzen!"

„Nie hätte ich gedacht, dass mir einmal so etwas passieren könnte! Und dann noch so kurz nach der Hochzeit! Wie lange ging das denn schon zwischen Ihnen?"

„Also, kennengelernt haben wir uns vor fünf Wochen."

Anette nahm erneut Zuflucht zur Toten Tante. Die Tränen saßen verdammt locker. „Und die ganze Zeit war er also immer bei Ihnen, wenn er mir sagte, er hätte noch eine Konferenz und es könnte später werden!"

„Soso, aber Konferenzen sind ja wohl eine beliebte Ausrede."

„Ja, aber sehen Sie, er ist doch Lehrer, und da hab ich das mit den Konferenzen eben einfach geglaubt."

„Wieso Lehrer? Mir hat er erzählt, er arbeitet beim KBA."

Die beiden Frauen sahen sich an, empört über so viele Lügengeschichten. Plötzlich klingelte es. Beide fuhren zusammen.

„Das ist er", flüsterte Evas. „Er kommt meistens um diese Zeit."

Anette sah sich um. „Was soll ich denn jetzt machen? Kann ich mich irgendwo verstecken? Auf der Toilette vielleicht?"

„Nichts da!" sagte die resolute Eva. „Den schockieren wir jetzt erst mal richtig."

Sie ging zur Tür und öffnete. Anette hörte sie sagen: „Deine Frau ist übrigens hier."

Eine ihr völlig unbekannte Männerstimme antwortete lachend: „Was machst du denn für Witze?"

„Sieh doch selbst", zischte Eva ihn wütend an und stieß die Küchentür auf. Anette starrte den Mann an, der mit Jan ungefähr so viel Ähnlichkeit hatte wie Woody Allen mit Brat Pitt. Wer immer es war, es war auf jeden Fall nicht Jan. Ihr dringlichster Wunsch war, der Erdboden möge sie bitte augenblicklich verschlingen. Durch den Nebel, den die Tote Tante über ihr aufgewühltes Gemüt gelegt hatte, erfasste sie in einer langen Schrecksekunde: Hier stimmt etwas nicht!

„Wer sind Sie?" stammelte sie. „Sind Sie der Freund von Frau Jensen?"

„Aber klar doch", antwortete der Mann. „Darf ich mich vorstellen: Mein Name ist Peter Hase. Und haben Sie Eva gesagt, Sie seien meine Frau?"

„Nein, nein", sagte Anette ängstlich, „das war alles ganz anders. Sie müssen denken, ich bin total übergeschnappt, aber vor weniger als zwei Stunden wurde ich von Frau Jensens Telefon aus angerufen, und jemand sagte mir, es sei aus zwischen ihr und meinem Mann."

„Also ich habe heute überhaupt noch nicht telefoniert", beteuerte Eva.

„Aber ich hab doch auf dem Display ganz klar Ihre Nummer erkannt", erklärte Anette, die sich in diesem Punkt ihrer Sache sicher war. „Und ich hab mich auch deutlich mit meinem Namen gemeldet. ‚Hier Steinmüller', hab ich gesagt, und dann kam, dass alles aus sei."

„Moment mal", unterbrach Eva sie. „Steinmüller heißen Sie?"

„Wieso? Kennen Sie meinen Mann denn doch?"

„Nicht persönlich." Anette atmete auf. „Sagten Sie vorhin nicht, Ihr Mann sei Lehrer? Unterrichtet er an der Geschwister-Scholl-Schule?"

„Ja. Woher wissen Sie das?"

„Das werden Sie gleich verstehen." Eva ging zur Tür und rief: „Yvonne, kannst du mal bitte kommen? Kristin kann auch gleich mitkommen. Ich hab mit euch zu reden."

Zwei etwa 13-jährige Mädchen kamen herbeigeschlurft und guckten die sich in der Überzahl befindlichen Erwachsenen aufsässig an. „Was sollen wir denn jetzt schon wieder gemacht haben?" maulte die eine, die mit der Zahnspange, die offensichtlich die Tochter des Hauses war. Die andere, durch ein Piercing in der Nase und pinkfarbene Haare eindeutig als die an Lebenserfahrung, wenn auch nicht Lebensjahren, reichere zu erkennen, war wohl eine Freundin.

„Ich will mich nur ein bisschen mit euch unterhalten", sagte Eva. „Wie war's denn zum Beispiel heute in der Schule?"

„Sag mal, was soll der Scheiß? Willst du uns hier vorführen oder was?" Yvonne wurde langsam zornig. Man hat ja schließlich seine Rechte als Jugendlicher heutzutage. Und dazu gehört, dass Eltern grundsätzlich gar nichts was angeht.

Eva ließ sich nicht beirren. „Wie war's denn zum Beispiel bei Herrn Steinmüller in Englisch? Habt ihr irgendwelchen Ärger gehabt?"

„Stell dir vor Mama, der hat uns heute Vokabeln abgefragt, obwohl wir ihm gesagt haben, dass wir wegen der Geburtstagsfete bei Melli nicht lernen konnten. Das hat den gar nicht beeindruckt. Und dann hat er Kristin und mich auch noch rausgeschmissen, bloß weil wir darauf bestanden haben, dass er erst mal abstimmen lässt, ob er den Test schreiben lassen darf oder nicht. Der hat überhaupt keinen Sinn für Demokratie. Der spielt bloß seine Macht aus. Aber dem haben wir es gezeigt! – Was ist denn?" Yvonne wandte sich Kristin zu, nachdem sie endlich Zeit hatte, auf die Rippenstöße zu reagieren, die diese ihr erfolglos verpasst hatte.

„Na, wie habt ihr es ihm denn gezeigt?" forschte Eva weiter.

„Och... das interessiert doch keinen."

„Doch, doch, mich schon! Habt ihr eventuell ein bisschen telefoniert?"

Yvonne explodierte. „Das ist doch die Höhe? Hörst du jetzt schon meine Telefongespräche ab?"

„Und dann habt ihr seiner Frau dummes Zeug erzählt, nicht wahr?" fuhr Eva unbeirrt fort.

„Soll er doch ruhig Ärger kriegen mit seiner Alten. Uns hat er schließlich auch geärgert."

„Das reicht!" brüllte Eva. „Kristin packt jetzt ihren Kram und geht sofort nach Hause. Und du bleibst bis auf weiteres in deinem Zimmer. Ich hab mit dir zu reden." Erschrocken räumten die beiden Mädchen das Feld.

Anette hatte mit wachsendem Interesse die Auseinandersetzung zwischen Mutter und Tochter verfolgt. Nun wandte sie sich erleichtert an Eva. „Danke, dass Sie das alles so schnell für mich geklärt haben. Ich hab mich fürchterlich dumm benommen."

„Oh nein", entgegnete Eva. „Ich muss mich bei Ihnen entschuldigen für das schlechte Benehmen meiner Tochter."

„Das", meinte Anette großzügig, „gehört wohl zu den Risiken, denen man als Frau eines Lehrers ausgesetzt ist."

Als Anette am Abend, aufgeheitert und getröstet von diversen Toten Tanten, ihr häusliches Glück aufsuchte, empfing Jan sie voller Vorwürfe: „Wo steckst du denn die ganze Zeit? Ich beeile mich extra, schnell nach Hause zu kommen, und du treibst dich irgendwo rum und lässt dich volllaufen."

„Ach weißt du", meinte Anette, „ich musste nur mal eben ein pädagogisches Problem für dich lösen."

BEGEGNUNG AM STRAND

Zielstrebig lief sie durch die Dünen zum Strand. Das war das einzige, was jetzt noch half. Sie brauchte den scharfen Wind im Gesicht und das aufgewühlte Meer, das unbeirrt Welle um Welle über den Sand jagte, als sei das alles, was zählt. Und sie brauchte die Bewegung, fort aus einer Situation, die immer unerträglicher wurde.

Es war ja nicht so, als hätte es den großen Knall gegeben. Paul hatte sich nicht wesentlich anders verhalten als in den ganzen letzten Monaten. Gedankenloses Rumtrampeln auf ihren Gefühlen, hier ein Stich und da ein Rempler – und dann immer dieses ungläubige Staunen, wenn sie mal sauer war, nach dem Motto: Was hat sie denn jetzt schon wieder?

Es war klar, dass irgendwann das Fass überlaufen musste. Oder dass der Mantel des großzügigen Verzeihens sich eines Tages als zu kurz rausstellen würde, um all die partnerschaftlichen Versäumnisse und Fauxpas gnädig zuzudecken. Da reichte dann ein kleiner Funke, um das Pulverfass hochgehen zu lassen.

Sie bückte sich, um eine besonders schöne Muschel aufzuheben. Die schenke ich mir selbst zum Geburtstag, dachte sie. Und schon wieder kam die ganze Bitterkeit in ihr hoch. Paul hatte mit keinem Wort ihren 41. Geburtstag erwähnt. Und als sie schließlich mit dem Zaunpfahl in Form von zwei Gläschen Sekt winkte, brach er nicht etwa schuldbewusst zusammen. Oh nein! „Glaubst du wirklich, es ist ein Grund zum Feiern, wenn man auf die Fünfzig zugeht?" Das waren seine Worte, ungelogen. Sie erwartete ja keine roten Rosen oder Frühstück ans Bett, bloß weil sie Geburtstag hatte, aber so eine Breitseite tat auch nicht nötig. Plötzlich machte es klick in ihrem 41-jährigen Hirn.

Ganz spontan kippte sie ihm den Sekt ins Gesicht und schmiss danach die leeren Gläser gegen die Wand, wo sie klirrend ihr irdisches Dasein aushauchten. Dann griff sie zu Jacke, Schal und Mütze und verließ das Haus, nicht ohne noch zu hören, wie er hinter ihr her schrie: „Du tickst ja nicht mehr richtig. Du brauchst dringend einen Psychiater."

Und nun rannte sie wie von Furien gehetzt über den Strand. Wovor lief sie eigentlich davon? Vor der Last ihrer 41 Lebensjahre? Vielleicht gab es ja wirklich nichts zu feiern. Oder vor Paul? Vor ihrem Leben mit Paul? Warum eigentlich nicht? Sie konnte jetzt sowieso nicht einfach zurückgehen. Es war mehr kaputt gegangen als die beiden lumpigen Sektgläser. Aber schließlich waren es ihre Gläser. Davon konnte sie zerdeppern, soviel sie wollte.

Und es war auch ihre Wohnung. Vor fünf Jahren war Paul in ihrem Leben aufgekreuzt und hatte ihrem Alleinsein ein Ende gesetzt. Glücklich war sie zur Seite gerückt, um Platz für ihn zu schaffen. Mit Paul schwappte allmählich auch seine gesamte Habe in ihr wohlgeordnetes Dasein. Seine CDs, seine Bücher, sein Computer, seine vollen Aschenbecher und leeren Kaffeetassen, seine Socken und seine Unterhosen zogen durch ihre Wohnung eine Spur, die schon längst den Charme des Bohèmehaften der Anfangstage eingebüßt hatte. Inzwischen warf sie ihm seine Schlampigkeit vor, und er nannte sie spießig, wenn sie hinter ihm her räumte. Sie bezahlte die Miete und biss die Zähne zusammen, denn alles war besser, als wieder allein zu sein.

War es das wirklich? Sie war ja im Moment doch lieber allein an dem menschenleeren Strand als zu Hause bei ihrer großen Liebe, die nichts als ein Reinfall war. Wie erbärmlich das war, wie sie ihr Selbstwertgefühl mit Füßen treten ließ, bloß um einen Lebensabschnittspartner an ihrer Seite vorweisen zu können. Denn zu mehr war er ja auch nie bereit gewesen. Und Lebensabschnitte gehen naturgemäß zu Ende.

Entschlossen drehte sie sich um und trat den Heimweg an. Ich gehe in mein Zuhause zurück, und dann kommt ganz spießig das Großreinemachen. Ich schmeiß ihn raus mit seinem ganzen Krempel und lüfte kräftig durch. Und mein Alleinsein nenne ich Freiheit. Schließlich ist alles eine Frage der Perspektive.

Über den Strand rollte etwas Kugelförmiges auf sie zu. Seltsam, wo doch der Wind von hinten kam. Das Ding gab beim Näherkommen Geräusche von sich und entpuppte sich schließlich als Hündchen von undefinierbarer Rasse. Bei ihr angekommen, sprang es vertrauensvoll an ihr hoch. Sie bückte sich und kraulte das kleine Fellbündel hinter den Ohren. „Wo kommst du denn auf einmal her?" fragte sie und blickte sich suchend um. Weit und breit war kein Mensch zu sehen, kein Herrchen oder Frauchen. Sie untersuchte das Halsband – keine Spur von einer Adresse oder Telefonnummer, nicht mal eine Steuermarke – soso!

„Du armer Kleiner! Hast du auch so ein blödes Herrchen wie ich? Bist du dem auch davongelaufen? Oder hat der Blödmann dich womöglich ausgesetzt?" Der Hund legte den Kopf schief und sah aus, als würde er jedes Wort verstehen. „Weißt du was? Wir gehen jetzt zu mir nach Hause und machen uns was Nettes zum Essen. Du kommst wie gerufen. Ich brauche sowieso einen neuen Lebensabschnittsbegleiter." Der Hund wedelte voller Begeisterung.

Ihr wurde in dem eisigen Wind ganz warm ums Herz. Vorübergehend vergaß sie ihre Wut, ihren Kummer und ihre Einsamkeit. Hier war ein Lebewesen, das sie brauchte und dankbar war über ihre Anwesenheit an diesem einsamen Strand.

Obwohl – so einsam war der Strand gar nicht mehr. Aus den Dünen näherte sich im Sturmschritt eine weitere Gestalt, ein Mann, der wild gestikulierend direkt auf sie zu lief und irgendwas rief. „Filou! Filou!" glaubte sie zu verstehen. Sie nahm den Hund hoch und drückte ihn an sich, als wollte sie ihn nie wieder hergeben. Aber es nützte nichts. Als der Hund sein Herrchen sah, wollte er nur noch auf den Boden und rannte zu dem fremden Mann.

Der kam näher und sagte: „Ein Glück, dass Sie meinen Filou gefunden haben, bevor er sich verlaufen konnte. Am Strand ist er immer gar nicht zu halten, und mit dem Gehorchen hat er es ohnehin nicht so." Er lachte.

Aber dann musste er in ihrem Gesicht gelesen haben wie in einem offenen Buch. Überrumpelt und schutzlos gab es das ganze Elend preis, das sie für einen kurzen Moment am Strand vergessen hatte. Zu spät wandte sie sich ab.

„Dort oben hinter den Dünen gibt es ein nettes kleines Café", sagte er. „Würden Sie mir die Freude machen, mit mir einen Kaffee zu trinken? Filou möchte seine Retterin bestimmt nicht so einfach davon gehen lassen. Er hat Sie schon richtig ins Herz geschlossen."

Gemeinsam spazierten die drei durch die Dünen dem Licht und der Wärme des kleinen Cafés entgegen. Hoffentlich ist sie nicht von der Steuerfahndung, dachte er. Hoffentlich ist er nicht Psychiater, dachte sie. Wie schön, dass ich jetzt auch noch ein Frauchen habe, dachte Filou.

HUND UND KATZ

Als Cleopatra – kurz Cleo genannt – und Wotan sich kennenlernten, war die Verteilung der Machtverhältnisse innerhalb der Gastfamilie in Sekundenschnelle klar. Der Welpe Wotan näherte sich schwanzwedelnd und mit seiner artgerechten Vertrauensseligkeit dem fellbekleideten Wesen, das vom schönsten Sessel im Raum hochnäsig auf ihn herunterblickte, und fing sich augenblicklich eine blutige Kratzspur auf der kleinen Hundeschnauze ein. Zum ersten Mal vom Leben enttäuscht, zog sich Wotan winselnd in die Arme seines Frauchens zurück, wo er Trost und eine frische Portion Vertrauen fand.

Dieser zukunftsweisende Initiationsritus liegt nun schon Jahre zurück. Mittlerweile können die beiden sich durchaus zivilisiert miteinander unterhalten. Hunde sind ja extrem lernfähig. Zum Beispiel würde Wotan niemals Cleo einfach so ansprechen. Er nähert sich unterwürfig und stellt erst einmal sicher, dass er Cleo nicht etwa bei ihrem wohlverdienten Mittagsschlaf stört. Wenn Cleo ihre Augen einen schmalen Schlitz weit öffnet und sich dann womöglich auch noch genüsslich rekelt, dann heißt das für Wotan, dass ihre Majestät, die Katze, in der Laune ist, sich von ihrem Mitbewohner unterhalten zu lassen. Dann, und nur dann, kommt er näher und fragt leise: „Cleo, bist du wach?"

Cleo öffnet das rechte Auge ein bisschen mehr und sagt: „Was willst du denn schon wieder?"

„Sag mal, Cleo, wie kommt es eigentlich, dass du immer auf diesen Sessel darfst, und ich werde sofort verscheucht, wenn ich da auch mal liegen will?"

„Ach Kleiner, du bist vielleicht naiv! Du solltest dich mal sehen, wenn du auf den Sessel gehst. Man sieht dir schon von weitem an, dass du gar kein Recht hast, da zu sein. Und sobald jemand kommt, springst du in vorauseilendem Gehorsam wieder runter. Schau doch mich an: Schon gleich als ich hier eingezogen bin, hab ich klargestellt, dass das mein Sessel ist. Die konnten mich runter scheuchen, so oft sie wollten, ich war sofort wieder oben. Irgendwann haben sie's dann aufgegeben. Sie sind zwar schwer von Begriff, unsere Menschen, aber mit der Zeit kapieren sogar sie, wo's lang geht."

„Na weißt du", meint Wotan treuherzig, „ich finde das nicht richtig von dir. Unser Herrchen und unser Frauchen tun so viel für uns. Da kann man denen doch nicht so auf der Nase rum tanzen."

„Du vielleicht nicht, aber ich schon!", kommt es hochnäsig von oben. „Du musst das so sehen: Die Menschen holen uns ins Haus, weil sie uns irgendwie brauchen. Dann sollen sie auch was für uns tun. Ich jedenfalls erwarte den besten Service, sonst geh ich mich bei den Nachbarn einschleimen. Sowas können unsere Menschen überhaupt nicht ertragen. Da holen sie sofort das beste Dosenfutter raus, damit ich wieder nett zu ihnen bin. Du solltest das auch mal ausprobieren. Ich an deiner Stelle würde mich nicht mit dem dauernden Trockenfutter abspeisen lassen. Man möchte es ja nicht glauben, aber sogar für Hunde gibt es Luxusfressen. Das weiß ich aus der Fernsehwerbung. Tu doch einfach mal ein paar Tage lang so, als würdest du das Trockenfutter nicht runter kriegen. Was meinst du, wie schnell du dann auch ein Chefkochmenü von César oder so kriegst."

„Aber mir schmeckt doch mein Trockenfutter." Wotan fühlt sich zunehmend unbehaglich.

„Darum geht es doch gar nicht, du Dummerjan!", belehrt ihn Cleo. „Die sollen ruhig ein bisschen mehr zahlen für dein Futter. Was nichts kostet, ist nichts wert."

Da muss Wotan aber wirklich lachen: „Soso, dann bin ich also mehr wert als du!"

„Wie kommst du denn darauf?" fragt Cleo indigniert.

„Du bist denen einfach so zugelaufen, aber mich haben sie ausgesucht, und für mich haben sie sogar etwas bezahlt!" trumpft Wotan auf. „Mich lieben sie eben mehr als dich."

„Ach weißt du, Liebe ist nur ein Wort. Davon wird man bloß abhängig und muss demütig darum kämpfen. Mir ist das schnurzegal, ob die mich lieben, Hauptsache, ich habe hier ein Luxusleben – keine Verpflichtungen, einen weichen Sessel, regelmäßige Mahlzeiten von bester Qualität und ansonsten meine Ruhe. Du aber, du kriegst einen Schlangenfraß vorgesetzt und springst dauernd, sobald die nach dir rufen. Wie armselig ist das denn?" Cleos Stimme trieft förmlich vor Verachtung.

Wotan kratzt sich am Kopf, aber außer ein paar Flöhen kommt nichts dabei heraus, jedenfalls kein weiteres Argument. „Was soll ich denn deiner Meinung nach machen?" fragt er Cleo.

„Also", setzt Cleo gnädig an, „zunächst einmal Folgendes: Du sprichst von unseren Menschen immer vom Herrchen und vom Frauchen und machst damit schon klar, dass die beiden das Sagen haben und du derjenige bist, der springt, wenn sie etwas von dir wollen. Und sei es bloß, das blöde Stöckchen wieder zu holen, das sie wegschmeißen, um dich auf Trab zu halten. Das sind reine Machtspielchen, merkst du das denn nicht?"

„Ja, aber sie sind doch unser Herrchen und unser Frauchen. Oder wie nennst du die beiden?"

„Ich denk mir doch für die nicht auch noch einen Namen aus. Für mich ist das Personal. Meine Güte, ich sehe dir schon wieder an, dass du nichts kapierst. Personal, das sind Dienstboten. Das sind Menschen, die mich bedienen müssen. Die müssen mein Futter einkaufen, die müssen mein Katzenklo sauber machen, die müssen einfach dafür sorgen, dass es mir gut geht. Manchmal allerdings übertreiben sie's auch. Zum Beispiel, wenn sie wegen jedem Eitertröpfchen im Auge mit mir zum Tierarzt rennen. Das mag ich gar nicht."

Jetzt kann Wotan wieder mitreden, den Tierarzt kennt er auch, und genau wie Cleo mag er gar nicht zu dem gebracht werden. Da sind sich die beiden einig wie selten. Und zu diesem Thema hat Wotan auch eine spontane Idee.

„Soll ich den mal beißen?" fragt er übermütig. „Vielleicht dürfen mein Herrchen und dein Personal dann nicht mehr mit uns in die Praxis."

„Au ja, Kleiner! Manchmal bist du wirklich zu gebrauchen!" lobt Cleo ihren tierischen Mitbewohner. „Du darfst aber nicht wieder einknicken. Du musst richtig zubeißen, am besten in die Hand, dann ist er für eine Weile außer Gefecht. Ich hab's ja schon mal mit Kratzen versucht, aber das hat den nicht groß beeindruckt. Beißen ist wirklich die bessere Option."

Wotan hat schon wieder Skrupel. „Aber kriegen dann nicht unsere Menschen heftigen Ärger?"

„Keine Sorge", beruhigt Cleo ihn, „für so etwas sind die doch versichert."

„Ich muss dir was gestehen", flüstert Wotan. „Ich hab noch nie jemanden gebissen. Ich weiß ehrlich gesagt gar nicht, wie das geht."

„Soll ich dir jetzt womöglich noch das Beißen beibringen?"
fährt Cleo ihn an. „Warum muss ich auch bloß so einen doofen Mitbewohner haben? Wenn die sich schon einen Hund ausgesucht haben, wieso haben sie dann nicht einen rattenscharfen Rottweiler gewählt?"

Das geht nun eindeutig gegen Wotans Ehre, der auf sein friedliches Naturell als liebevoller Kuschelhund stolz ist. Deshalb fragt er:

„Was glaubst du, was so ein Rottweiler mit dir gemacht hätte? Der hätte so eine wie dich doch längst als Zwischenimbiss verspeist. Du weißt anscheinend nicht, dass du mit mir das große Los gezogen hast. Jedes Mal, wenn du Ärger mit fremden Katzen hast, springst du über den Zaun und lässt dich von mir retten und beschützen. Beiß doch deinen blöden Tierarzt selber – oder muss man dir den erst in handliche Häppchen zerlegen, du verwöhnte Zicke!" Damit dreht er sich um, macht sich mit seinen eigenen Pfoten die Tür auf und rauscht empört davon.

Cleo sieht ihm erstaunt nach. „Alle Achtung!" denkt sie."Vielleicht wird ja doch noch was aus ihm."

Die lieben – oder manchmal gar nicht so lieben – Kleinen

DER PASCHA

Sie macht sich schon lange nichts mehr vor: Er ist einfach ein Pascha, da lässt sich nichts dran rütteln. Dabei kann sie ihm noch nicht einmal einen Vorwurf machen. Sie hat ihn ja selbst dazu gemacht. Sie liest ihm jeden Wunsch von den Augen ab und ist den ganzen Tag - und oft auch noch die halbe Nacht - damit beschäftigt, seinen Bedürfnissen gerecht zu werden. Sogar ihren Beruf hat sie ihm zuliebe aufgegeben.

Es ist ja nicht so, als würde er sich zum Beispiel an der Hausarbeit gar nicht beteiligen. Im Gegenteil, er drängt seine Hilfe ja geradezu auf. Nur das Ergebnis ist nicht gerade aufbauend. Eher schon abbauend. Denn was immer er anfasst, er hinterlässt ein unglaubliches Chaos. Töpfe und Pfannen werden gnadenlos und mit viel Getöse in der ganzen Küche verteilt, wenn der selbsternannte Küchenchef sich ans Werk macht. Wegräumen darf hinterher dann sie das alles, und sie muss sogar froh sein, wenn es nicht auch noch Scherben gegeben hat. Und mal ganz ehrlich: Was richtig Essbares ist dabei noch nie herausgekommen. Für den großen und den kleinen Hunger ist immer noch sie zuständig.

Und wehe, es steht mal nicht schnell genug was auf dem Tisch oder es schmeckt dem gnädigen Herrn nicht richtig. Dieses Gemecker ist schwer auszuhalten, vor allem weil es manchmal auch regelrecht Geschrei gibt. Sie hat dann immer Angst, was die Nachbarn jetzt wieder denken. Deshalb überlegt sie sich auch gut, was sie ihm vorsetzen kann. Seit sie mit ihm zusammen ist, hat sie sich zu einer regelrechten Ernährungsexpertin entwickelt. Sie weiß genau, was er braucht, um bei guter Gesundheit und Laune zu sein. Sie schneidet es auch immer in mundgerechte Stücke, damit er nicht so viel beißen muss mit den paar wenigen Zähnen, die er hat. Trotzdem isst er manchmal wie ein Schwein, und sie kann hinterher wieder alles waschen.

Wenn er müde ist, wird er ganz ungenießbar. Sie ist immer froh, wenn er seinen geheiligten Mittagsschlaf hält. Dann geht sie auf Zehenspitzen durch die Wohnung, um möglichst lange ihre Ruhe zu haben. Er selbst kennt solche Rücksichtnahme nicht. Ihm ist es egal, ob sie auch mal müde ist und schläft. Wenn er wach ist, hat sie auch wach zu sein. Als könnte er sich nicht auch mal eine Zeitlang selbst beschäftigen, und zwar ohne Lärm. Am liebsten auch ohne die Unordnung, die überall entsteht, wo er seine kreativen Ideen in die Tat umsetzt.

Es ist oft nicht einfach, aber sie liebt ihn nun einmal und hängt mit allen Fasern ihres Herzens an ihm. Und das, obwohl sie ahnt, dass er sie eines Tages verlassen wird, vermutlich weil ihm irgendwann eine andere Frau, wahrscheinlich eine eher jüngere, wichtiger sein wird. Aber bis es so weit ist, genießt sie jeden Tag mit ihm. Er kann tun, was er will, sie verzeiht ihm alles. Denn er ist so unglaublich charmant, wenn er sie mit seinem praktisch zahnlosen Mund anlächelt. Sie kann gar nicht anders. Und er auch nicht. Schließlich ist er ja gerade erst ein Jahr alt.

KARRIERE IM HELIKOPTER

Früher war ich Unternehmensberaterin. Aber dann wurde ich Mutter. Eigentlich wollte ich ja nach der Elternzeit wieder in meinen Job einsteigen, aber ich sage Ihnen eines: Wenn ich mich schon für etwas entschieden habe, dann will ich es auch richtig machen – also mindestens hundertprozentig, manchmal auch mehr. Mal ganz ehrlich: Was ist wichtiger, dass da draußen irgendwelche Firmen gute Gewinne machen oder dass mein Kind einen optimalen Start ins Leben bekommt?

Ich sehe Ihnen an, dass Sie wissen, wovon ich rede. Oder sagen wir lieber, Sie glauben, dass Sie das wissen. Manche von Ihnen haben ja auch Kinder. Und einen Beruf. Es gibt ja auch Kitas. Meine Tochter war auch mal in einer Kita, sogar in einer angeblich sehr renommierten. Hat ja auch eine ganz schöne Stange Geld gekostet. Aber so richtig kann man ja keinem trauen heutzutage. Ich habe mir jedenfalls ab und zu mal ein paar Stunden frei genommen und bin unauffällig an der Kita vorbeispaziert, wenn die Kinder draußen gespielt haben. Unglaubliche Szenen habe ich da beobachtet! Meine süße Kleine sitzt im Sandkasten und spielt ganz kreativ vor sich hin. Da kommt so ein asozialer Großer und schubst sie um. Sie weint natürlich. Aber glauben Sie, da hat sich von den Betreuerinnen eine gekümmert? Fehlanzeige! Die satten Beiträge kassieren, das ja. Aber auch mal den faulen Hintern hochkriegen, wenn so ein zartes Mädchen gemobbt wird, das ist nicht drin. Ich bin dann entschlossen über den Zaun gestiegen und habe dem Großen eine gelangt. Als der heulte, stand sofort die Kitaleiterin auf der Matte, aber hallo.

„Was fällt Ihnen denn ein? Sie können doch ein Kind nicht schlagen!"

Ich darauf: „Soll ich vielleicht zuschauen, wie meine Svea-Christin von diesem Rüpel verprügelt wird?"

Statt das einzusehen, wird sie auch noch frech und beschuldigt mich des Hausfriedensbruchs und droht mit rechtlichen Schritten. Ich drohe zurück, nehme mein Kind mit nach Hause und übergebe die ganze Angelegenheit unserem Anwalt. Den mussten wir allerdings danach auch auswechseln, da dieser Versager nicht mal verhindern konnte, dass ich, eine Mutter im Kampf für das Wohl ihres Kindes, ein Bußgeld bezahlen musste. Und sowas nennt sich Rechtsstaat!

Ein Gutes hatte die Sache allerdings. Ich hatte endlich begriffen, dass sich eine wie auch immer geartete Berufstätigkeit verheerend auf die Entwicklung des Kindes auswirkt. Svea-Christin hatte jedenfalls einen Knacks weg nach dieser Geschichte. Tagelang hat sie jeden Morgen geweint, obwohl ich alles getan habe, um sie von den schrecklichen Erlebnissen in dieser Horrorkita abzulenken. Böse Zungen haben behauptet, sie weinte, weil sie die ganze Zeit mit mir zusammen sein musste und nicht mehr mit den anderen Kindern in der Kita spielen konnte. Aber ich weiß es besser.

Jedenfalls hatten wir eine schöne Zeit zusammen. Manchmal habe ich andere Mütter mit ihren Kindern eingeladen, damit Svea-Christin unter meinem persönlichen Schutz soziale Interaktion lernen konnte. Dazu brauche ich keine Kita, das kann ich selbst viel besser. Vor allem schubste jetzt keiner mehr meine Tochter. Und wenn es doch mal passierte, dann brauchte der oder die Betreffende gar nicht erst wiederzukommen. Da war ich ganz konsequent, vor allem wenn die Mutter des Übeltäters uneinsichtig war. Sollte Svea-Christin vielleicht ausbaden, was die anderen an Erziehungsfehlern machten?

In der Grundschule war ich dann engagierte Elternvertreterin. Die konnten froh sein, dass ich meine beruflichen Fähigkeiten nicht brach liegen ließ, sondern zum Wohle aller Kinder einsetzte. Ich habe also das Unternehmen „Schule" beraten. Schließlich sagt ja sonst niemand den Lehrern, was sie alles falsch machen. Wie kann man von einer Siebenjährigen erwarten, dass sie auf Anhieb fehlerlos schreibt? Wie kann man so eine zarte Kinderseele verstümmeln, indem man mit dem Rotstift in ihrem schön kreativ gestalteten Heft rumschmiert? Da werden doch eindeutig die Prioritäten falsch gesetzt. Wo bleibt denn da der Spaß am Lernen?

Svea-Christin hat auf diesen Terror mit Leistungsverweigerung reagiert. Das findet man oft bei hochbegabten Kindern. Sie hat sich einfach geweigert, weiter in ihr Heft zu schreiben, weil dieses aggressive Rot nun mal nicht ihre Lieblingsfarbe ist. Die Lehrerin ihrerseits hat sich geweigert, entweder diese rechthaberische Korrigiererei ganz bleiben zu lassen oder eine ansprechendere, kindgemäßere Farbe zu wählen. Sie sagte mir doch glatt ins Gesicht, mein Kind sei eben ein Spätentwickler und habe Probleme, richtig zu schreiben. Was heißt denn überhaupt schon „richtig"? Das ist doch alles rein subjektiv und willkürlich festgelegt. Und mit solchen Spinnereien legt man unseren Kindern künstliche Stolpersteine in den Weg bei ihrer Entwicklung zu glücklichen und erfolgreichen Menschen.

Ich habe dann eine Elterninitiative gegründet, „Teacher Watch". Da sollten nach einem von mir ausgearbeiteten Zeitplan immer zwei Elternteile im Unterricht dabei sein und aufpassen, dass die ganze Geschichte nicht zu sehr in die falsche Richtung läuft. Ich hatte auch einen Bewertungsbogen entwickelt, den die diensthabenden Eltern ausfüllen sollten, damit man gegebenenfalls Beweismaterial zur Hand hatte, wenn man mal einen Lehrer als ungeeignet würde absetzen müssen. Aber wie das oft so ist mit guten Ideen, wir wurden mal wieder abgeschmettert. Es hieß dann einfach, Eltern hätten im Klassenzimmer nichts verloren, außer beim Elternabend. Ist doch klar, dass die was zu verbergen haben, sonst würden sie sich doch nicht so anstellen.

Inzwischen geht Svea-Christin aufs Gymnasium. Ihre Lehrer haben das nicht empfohlen. Sie würde an dieser Schulart komplett überfordert sein, hieß es. Dass ich nicht lache! Schließlich hat sie ja allen Widerständen zum Trotz doch noch schreiben gelernt. Allerdings nicht in dieser furchtbaren Grundschule. Das haben wir zu Hause mit Hilfe einer einfühlsamen Nachhilfelehrerin hingekriegt. Unsere Tochter ist nun mal sensibler als andere Kinder, daran besteht überhaupt kein Zweifel. Und sie ist so vielseitig interessiert: Ballett, Querflöte, Gesangsunterricht, Malen und Töpfern. Seit neuestem auch noch Chinesisch, da führt auf die Dauer auch kein Weg dran vorbei, wenn man ihre Zukunftschancen nicht jetzt schon beschneiden will und sie mit solchen Nebensächlichkeiten zubaggert wie Einmaleins und ähnlichem überflüssigen Kram. Hat doch jeder heute einen Taschenrechner im Smartphone.

Da bleibt für eine engagierte Mutter wie mich noch viel zu tun, bis auch der letzte verknöcherte Pauker kapiert hat, wie Schule heute auszusehen hat: Auf die Interessen der Kinder eingehen, den öden Lehrplan auch mal vergessen und ein kundenorientiertes Angebot machen. Und immer locker und freundlich bleiben, damit der Spaß nicht auf der Strecke bleibt. Klassenarbeiten und Prüfungen müssen so geplant werden, dass die Kinder zeigen können, was sie wissen. Aber es gibt immer wieder hinterhältige sogenannte Pädagogen, die den Kindern zeigen wollen, was sie alles nicht wissen. Die legen es ja regelrecht darauf an, die Kinder reinzulegen, so dass es zu traumatischen Misserfolgserlebnissen kommt. Das muss endlich aufhören! Wir wollen schließlich unsere Kinder ohne seelische Schäden durchs Abitur bringen.

Und Abitur muss sein, auf jeden Fall. Mein Mann und ich haben uns das schon längst gründlich überlegt. Zum Glück sind wir gut situiert, auch wenn ich der Kinderbetreuung wegen nicht wieder arbeite, sondern meine Zeit in die Zukunft meiner Tochter investiere. Sie soll ja mal studieren, das geht ja nicht ohne Abitur. Sie kann sich dann völlig frei entscheiden, was sie einmal beruflich machen will. Ob sie nun Ärztin oder Juristin werden will, da reden wir ihr überhaupt nicht rein. Solche Eltern sind wir nicht, die ihrem Kind alles vorschreiben. Sollte sich also herausstellen, dass die Lehrer an diesem popeligen Kleinstadtgymnasium für Svea-Christin nicht gut genug sind, haben wir überhaupt kein Problem damit, sie an eine angesehene Privatschule zu schicken. Dort hat sie dann wenigstens gleich den passenden Umgang und wird nicht von den Lehrern und Mitschülern gemobbt, die ihren Sozialneid gegenüber Menschen aus unserer Gesellschaftsschicht nicht im Griff haben.

Ich bin ohnehin schon ganz nervös, wenn ich in meiner weitsichtigen Art an die fernere Zukunft meiner Tochter denke. Eine renommierte Privatschule wird ein absolutes Muss, sobald sie anfängt, sich für Jungs zu interessieren. Spätestens dann muss sie in ein adäquates Umfeld. Stellen Sie sich bloß mal vor, sie verliebt sich eines Tages in einen Jungen, sagen wir mal aus der Arbeiterschicht. Da kann man ja, wenn's dumm läuft, den Traum von einer glänzenden Partie unserer Tochter gleich begraben. Also bevor die Hormone ins Spiel kommen, müssen ungeeignete Zielobjekte aus dem Weg geräumt sein. Da riskiere ich nichts, da wird ein teures Internat alternativlos. Sollen doch die Schmuddelkinder unter sich bleiben! Mein zukünftiger Schwiegersohn jedenfalls wird ein Akademikersohn mit Familienvermögen sein, dafür werde ich schon sorgen.

EIN TAG IM LEBEN VON MARIE-SOPHIE

Um 6 Uhr 30 wird Marie-Sophie von ihrer Mama geweckt. Sie ist noch ganz benommen von dem Schlafmittel, das ihre Mama ihr neuerdings jeden Abend verabreicht, weil sie sonst nicht zur Ruhe kommt und dann den Anforderungen des nächsten Tages nicht gewachsen ist.

Heute ist mal wieder so ein Tag, an dem es besonders wichtig ist, nichts falsch zu machen. Es steht eine Mathearbeit an. Marie-Sophie ist zwölf Jahre alt und geht in die 7. Klasse eines renommierten Gymnasiums. Sie soll schließlich Abitur machen, weil man ohne Abitur nichts gilt und keinen Beruf haben kann, in dem man genug Geld verdient, wie ihr Vater ihr immer sagt, wenn er mal gerade zu Hause ist und nicht selbst mit Geldverdienen beschäftigt. Das ist allerdings eher selten. Aber Marie-Sophie kann sein ewiges Gemecker sowieso nicht mehr hören.

Mit Mama ist das etwas anderes. Die kümmert sich. Die geht auch zu den Lehrern, wenn was nicht so läuft, wie es soll. Wie damals, gleich in der 5. Klasse, als es bei Marie-Sophie mit der Rechtschreibung nicht so gut lief. Da hat Mama dafür gesorgt, dass sie einen Legasthenietest machen konnte. Das war übrigens der einzige Test seit langem, den sie ohne Probleme bestand. Seither dürfen die Lehrer ihr in Deutsch keine schlechte Note mehr geben, denn sie hat jetzt Legasthenieschutz.

Beim Frühstück flattert Mama um Marie-Sophie herum und passt auf, dass sie die notwendigen Vitamine bekommt. Aber heute hat sie keine Lust auf Müsli. Und weil Mama nicht riskieren will, dass sie auf leeren Magen die Mathearbeit noch schlechter als sonst schreibt, bekommt sie schließlich doch ihren Nutellatoast zum Kakao.

Nicht dass es etwas nützen würde. Mama steht schon mit dem Autoschlüssel in der Hand bereit, da muss Marie-Sophie nochmal ins Bad, und das ganze Frühstück fällt ihr quasi aus dem Gesicht in die Kloschüssel. Hoffentlich merkt Mama das nicht, sonst bringt sie sie statt zur Schule direkt zum Arzt. Der schreibt dann wieder ein Attest, um sie vom Unterricht zu befreien. Aber die Mathearbeit muss sie ohnehin irgendwann schreiben, also lieber gleich.

Mama ist so gestresst, als müsste sie selbst Arbeit schreiben. Wenn sie diesen angespannten Zug um den Mund hat, fühlt sich Marie-Sophie immer so schuldig und denkt: „Warum kann ich nicht so sein wie Jana, die einfach alles kann und immer alles richtig macht in der Schule? Deren Eltern müssen sich nicht so viele Sorgen machen um die Zukunft ihrer Tochter." Und weil Marie-Sophies Vater so viel arbeiten muss, um Frau und Tochter zu versorgen, soll Mama wenigstens sicherstellen, dass Marie-Sophie einmal einen guten Abschluss bekommt. Das hat sie neulich abends gehört, wie er das zu Mama gesagt hat.

Vor der Schule trifft Marie-Sophie Jana. Jana ist ihre Freundin. Jana bekommt immer gute Noten, obwohl sie fast überhaupt nichts für die Schule tut. Sie hat auch noch drei Brüder. So teilt sich der Stress mit den Eltern ohnehin auf. Es geht auch meistens nicht um Hausaugaben oder Noten, sondern darum, dass sie ihre Zimmer nicht aufräumen oder ihre Turnschuhe verlieren und solche Sachen. Marie-Sophie hätte auch gerne Geschwister, dann wäre sie nicht immer die einzige, die den Eltern Kummer bereitet. Das ist schon eine schwere Last für ein kleines Mädchen.

Zuerst ist Englisch. Die Lehrerin verteilt mal wieder Übungsbögen zum Ausfüllen. Das ist gut, denn da kann Marie-Sophie ganz geruhsam vor sich hin arbeiten, und wenn sie was nicht weiß, schaut sie einfach bei Jana nach. Da muss sie keine Angst haben, etwas falsch zu machen. Da kritisiert keiner an ihr herum. Die Englischlehrerin macht das sowieso nicht mehr, seit Mama ihr klar gemacht hat, dass Marie-Sophie anerkannte Legasthenikerin und gegen Korrekturen mit Rotstift allergisch ist.

Danach ist Sport. Für die Sportstunde hat Mama ihr einen Brief mitgegeben, in dem der Sportlehrer angewiesen wird, Marie-Sophie nicht zu überanstrengen, da sie ansonsten nicht mehr in der Lage sein wird, genügend Energie für die nachfolgende Mathearbeit aufzubringen. Marie-Sophie ist das dermaßen peinlich, dass sie beschließt, den Brief nicht abzugeben. Wenigstens einmal am Tag möchte sie sich gerne so fühlen, als wäre sie normal.

Nach der großen Pause, die Marie-Sophie vor lauter Aufregung weitgehend auf der Toilette verbracht hat, steht nun die gefürchtete Mathearbeit an. Der Lehrer lässt die Arbeitshefte verteilen und verteilt selbst die Schüler so, dass möglichst wenig gespickt werden kann. Marie-Sophie hat Glück. Sie darf neben Jana sitzen bleiben. Deshalb läuft es ja auch zuerst wie geschmiert, denn Jana legt ihr Heft so hin, dass Marie-Sophie bequem die Ergebnisse in ihr eigenes Heft übertragen kann. Aber der Lehrer ist ja so gemein. Nach 15 Minuten fährt er plötzlich Marie-Sophie an, sie soll gefälligst in ihr eigenes Heft schauen statt in Janas. Und sie muss sich mitten in der Arbeit an einen Einzeltisch ganz vorne setzen, wo weit und breit keine Möglichkeit zum Spicken ist. Sie bricht in Tränen aus, weil soeben ihre einzige Chance auf eine ihrem Vater passende Note hinterm Horizont verschwunden ist. Der Lehrer schnauzt sie an, sie soll sofort mit der Heulerei aufhören, das stört den Rest der Klasse. Daraufhin legt Marie-Sophie den Stift und ihren Kopf auf den Tisch und versucht, so geräuschlos wie möglich weiter zu weinen.

Irgendwie geht der furchtbare Schultag zu Ende. Punkt 13 Uhr steht Mama vor der Schule, um Marie-Sophie mit dem Auto nach Hause zu fahren, denn Schulbus ist nur was für robuste Trampel, aber nicht für ihre zarte, sensible Tochter. Normalerweise hätte Marie-Sophie sich brennend gewünscht, sich unauffällig unter die Trampel zu mischen, in der Masse untertauchen zu können, einmal wie alle zu sein. Aber heute ist sie froh, im Auto zu sitzen und ihren Tränen freien Lauf zu lassen, sobald sie außer Sichtweite der anderen ist, auch wenn sie dadurch Mama wieder neuen Kummer macht.

Mama holt stückweise aus ihrem schluchzenden Nachwuchs heraus, wie katastrophal die Mathearbeit verlaufen ist. Sofort fährt sie ihre Stacheln aus: „Der hat dich wirklich mitten in der Arbeit umgesetzt? Und er hat dich verdächtigt, du hättest gespickt?" Über die Freisprechanlage informiert sie schon vom Auto aus umgehend Papa über diesen erneuten Fall von schreiender Ungerechtigkeit, der schon so gut wie an Kindesmisshandlung grenzt. Papa gibt telefonische Anweisungen, wie mit dem Fall weiter vorzugehen sei: Mama solle umgehend beim Mathelehrer anrufen und ihn darüber in Kenntnis setzen, dass der Anwalt der Familie sich mit dem Tatbestand der Verhinderung guter schulischer Ergebnisse durch den vom Lehrer ausgeübten Psychoterror befassen würde. Das wäre ja gelacht, wenn so ein kleiner, popeliger Beamter einer Tochter aus gutem Hause die Zukunft versaut, indem er sie verdächtigt, bei der Freundin abzuschreiben. Da müsste außerdem erst mal geklärt werden, wer hier von wem anschreibt!

Nach dem Mittagessen – Gemüsegratin, alles von Demeter und frisch vom Markt, schließlich hat Mama ja nicht für nichts ihren Beruf aufgegeben – will sie den Mathelehrer, diesen elenden Kindesmisshandler, anrufen. Aber der faule Sack geht nicht einmal ans Telefon. Das hat er vermutlich auf leise gestellt, damit er in seinem Mittagsschlaf nicht gestört wird. Mittagsschlaf – so was Infantiles! Dem wird sie es schon zeigen. Alle fünf Minuten versucht sie es erneut. Um 15 Uhr muss sie allerdings Marie-Sophie zum Ballett fahren. Das Kind sieht zwar aus, als könne es kaum auf den Füßen stehen, geschweige denn auf Zehenspitzen Pirouetten drehen. Aber vielleicht bringt die Ballettstunde sie auf andere Gedanken.

Marie-Sophie ist froh, als die Stunde vorbei ist. Sie kann das gar nicht gut vertragen, wenn die anderen Mädchen so albern rumkichern und sich ihres Lebens freuen. Haben die denn keine anderen Probleme als neue Klamotten oder Schminksachen? Haben die denn gar keinen Stress mit Schule und Leistung und einer Zukunft, die ihre Eltern maßgeschneidert für sie durchziehen wollen? Marie-Sophie wäre auch gerne so vergnügt und hohlköpfig. Aber bei ihr scheint nur hohlköpfig zu klappen.

Nach der Ballettstunde möchte sie gerne ein bisschen mit Jana plaudern, aber Mama nimmt ihr nachmittags immer das Handy ab, damit sie sich auf ihre Hausaufgaben konzentrieren kann und nicht durch Anrufe gestört wird. Als ob außer Jana überhaupt mal jemand anrufen würde. So sitzt sie in ihrem Zimmer über ihren Heften und Büchern und Arbeitsbögen. Mit halbem Ohr hört sie mit, wie Mama Papa anruft, um sich über den faulen Mathelehrer zu beschweren, der nicht ans Telefon geht. Nun soll Papa es mal probieren. Glauben die wirklich, der Lehrer kann riechen, dass diesmal ein mit Autorität ausgestatteter Vater dran ist? Wenn sie das doch mal bleiben lassen würden, dauernd die Lehrer anzurufen! Je mehr Wirbel die Eltern machen, desto unfreundlicher werden die Lehrer. Aber wenn sie das ihren Eltern mal sagen würde, dann wäre erst recht der Teufel los, und sie wäre dann auch noch eine miese kleine Petze.

Sie versucht krampfhaft, sich die paar französischen Vokabeln zu merken, die für morgen auf sind. Aber ihr Kopf dröhnt, und sie kann sich einfach nicht konzentrieren. Gleich kommt Mama und wird sie abfragen, und wenn sie dann merkt, dass nichts richtig sitzt, regt sie sich auf und gibt mal wieder der Lehrerin die Schuld. Womöglich ruft sie bei der dann auch noch an, um ihr klarzumachen, dass diese vielen Vokabeln eine Zumutung sind. Dabei hat sogar Marie-Sophie selbst schon kapiert, dass man ohne Vokabeln keine Fremdsprache lernen kann.

Die Frage, die sie gerne stellen würde, lautet: „Warum muss ich denn überhaupt Fremdsprachen lernen, wenn mir das doch so schwer fällt?" Sie möchte, dass ihre Eltern endlich verstehen, dass sie den Anforderungen des Gymnasiums nicht gewachsen ist und am liebsten auf eine andere Schule gehen würde. Aber das kommt ja überhaupt nicht in Frage! Da würde für ihre Eltern die Welt untergehen. Also quält sich Marie-Sophie Tag für Tag durch dieses elende Leben, das nicht wirklich ihres ist, sondern wie ein schwerer, viel zu großer Mantel auf ihre schmalen Schultern drückt.

Und es nützt überhaupt nichts zu denken: „Morgen sieht die Welt schon wieder anders aus." Marie-Sophie weiß es besser. Die Welt wird morgen im besten Fall genauso schwer zu ertragen sein, aber nach ihren bisherigen Erfahrungen zu urteilen, wird es wahrscheinlich noch schlimmer werden als heute. Manchmal wäre sie am liebsten einfach tot.

WANDERTAG

Wie so vieles im Schulalltag ist auch der Wandertag eine Mogelpackung, denn wer wird denn heutzutage noch wandern, wo es so viele andere Fortbewegungsarten gibt, schneller, weiter, teurer. Schlagen Sie einer Horde Heranwachsender doch mal vor, mit Rucksack, stabilem Schuhwerk und regenfester Kleidung durch landschaftlich reizvolles Gelände zu latschen, um an einer schönen Stelle mit Aussicht das selbstgeschmierte Brot zu verzehren. Da kriegen Sie doch sofort die Eltern auf den Hals. Man soll ja schließlich was machen, das den Schülern Spaß macht.

Also wird ein Bus bestellt, der die Klasse vor die Tür einer pädagogisch wertvollen Einrichtung fährt – Museum, Theater, Ausstellung. Es darf auch ruhig ein bisschen weiter weg sein, damit die Schüler im Bus genügend Zeit für ihr zweites Frühstück in Form von Chips, Keksen, Schokolade und anderem Schmier-, Klecker- und Bröselkram haben. Der Bus sieht dann schon mal aus wie die Sau, damit sich die Kinder wie zu Hause fühlen.

Das kulturelle Alibiprogramm wird gleich am Anfang absolviert, solange noch keiner auf die Idee kommen konnte, sich zu verdrücken. Überhaupt ist so ein Wandertag gut geeignet zur Reduzierung der gängigen Klassenstärken. Sie brauchen überhaupt keine Angst zu haben, dass Sie mit 30 Schülern losziehen müssen. Wahrscheinlich werden Sie erst recht auch nicht mit so vielen zurückkommen.

Die ersten werden mittels Disziplinarmaßnahme schon vor Antritt des Wandertags aussortiert. Zwischen Planung und Durchführung liegen herrliche Tage, an denen man jegliche Regung von Aufsässigkeit mit der Drohung „Du nimmst am Ausflug nicht teil!" im Keim ersticken kann. Wen man nicht dabei haben will, den erwischt man trotzdem bei irgendwas.

Gut geeignet zur zahlenmäßigen Begrenzung sind auch mit der Bahn durchgeführte Wandertage. Auf dem Bahnsteig sortiert man schon mal die aus, die trotz zweiter und dritter Mahnung immer noch nicht das Geld für das Zugticket und den Eintritt abliefern. Außerdem fährt der Zug eben um 9.03 Uhr ab, egal ob Sven-Lucas oder Jacqueline schon an Bord sind. Die können an dem Tag dann ihren Eltern auf den Geist gehen.

Da die Bahn in der Regel auch noch andere Fahrgäste als Ihre Klasse hat, sind die sozialpädagogischen Anforderungen an die Begleitlehrer höher als im Bus. Um zu verhindern, dass die ganze Bagage auf freier Strecke aus dem Zug geworfen wird, müssen die geplagten Pädagogen mit fester Hand die Lautstärke regeln, mit Nachdruck auf die sachgerechte Verwendung von Abfallbehältern drängen und ganz allgemein dafür sorgen, dass die Mitreisenden nicht aus purer Notwehr nach dem Zugbegleiter schreien. Wiederholtes Durchzählen empfiehlt sich auch, damit man nachvollziehen kann, wer an welcher Station ausgestiegen ist. So kann man den besorgten Eltern schon mal eine heiße Spur geben, wenn man ihnen per Handy den Verlust ihres Kindes zeitnah mitteilt.

Im Lauf des Tages gehen immer mal wieder welche verloren, weil sie zu lange auf dem Klo waren oder dringend mal eben ein paar T-Shirts anprobieren mussten. Da sie aber durch die kommunikationstechnische Nabelschnur, kurz auch Handy genannt, mit dem Rest der Klasse verbunden sind, tauchen sie irgendwann schon wieder auf. Kein Grund für die Lehrer, einen Nervenzusammenbruch zu bekommen.

Spannend wird es erst wieder beim Durchzählen vor der Heimreise. Wer jetzt nicht da ist, schafft echten Stress. Da greift der Lehrer, Visionen von Disziplinarverfahren und schändlicher Entfernung aus dem Schuldienst vor Augen, zum Handy, und wenn jetzt die Mailbox dran ist, muss sich der Schüler warm anziehen. Ein halbe Stunde später angeschlendert zu kommen mit der treuherzigen Erklärung „Mein Akku ist leer" überlebt man meist nur, weil der Lehrer an diesem Punkt bereits viel zu erschöpft ist, um noch handgreifliche Erziehungsmethoden anzuwenden. Spielt sich das alles allerdings auf dem Bahnsteig ab, versteht man endlich, warum Lehrer nur im Doppelpack auf Ausflug gehen: Einer muss nämlich vor Ort bleiben, um die fehlenden Schüler mit dem nächsten Zug nach Hause zu begleiten. Was ihn dann besonders freut, sind wartende Eltern auf dem heimischen Bahnsteig, die den Lehrer anmaulen: "Warum kommen Sie jetzt erst?"

Wandertage enden für Pädagogen nicht selten mit dem Schwur, sich nie wieder auf solche fragwürdigen Unternehmungen einzulassen. Allerdings führt altersbedingter Gedächtnisverlust dann doch immer wieder dazu, dass man sich all dem erneut aussetzt.

ELTERNSPRECHTAG

Jan-Dominik pubertiert, und zwar Vollzeit, auch und vor allem im Unterricht. Klar dass er da keine Zeit und Energie übrig hat für dröge Matheformeln oder momentan völlig unbrauchbare französische Vokabeln wie „société multiculturelle".

Jan-Dominiks Versetzung ist stark gefährdet. Das finden jedenfalls seine ignoranten Lehrer. Es war sogar schon die Rede davon, dass er das Gymnasium verlassen muss.

Seine Eltern sehen das anders. Wozu gibt es schließlich Elternsprechtage. Auftritt Professor Dr. Starkmann nebst Gattin, Frau Klein-Starkmann. Er im Anzug, den Mantel überm Arm, sie im kleinen Kostümchen, den Pelz lässig über die Schultern gehängt. So rauschen sie in den Klassenraum, in dem an diesem sonnigen Oktobernachmittag Frau Müller – Gehaltsgruppe A 13 – nach sechs stressigen Stunden mit Deutschlands zukünftigen Hoffnungsträgern im 10-Minuten-Takt ihren Kunden mehr oder wenigen klaren Wein einschenken soll über den Werdegang ihres prachtvollen Nachwuchses.

„Guten Tag, Frau Müller", plappert Frau Klein-Starkmann munter drauf los, „wie macht sich denn unser Filius so bei Ihnen in Französisch?"

Der Gatte guckt derweil gelangweilt und blasiert aus dem Fenster. Er hätte weiß Gott Wichtigeres zu tun an diesem Freitagnachmittag, als in der Penne seines Sohnes rumzuhocken – sich mit den Leuten vom Rotary-Club treffen zum Beispiel oder an seiner Jacht rumbasteln.

„Leider sieht es für Jan-Dominik nicht so gut aus", informiert Frau Müller. „In den beiden Klassenarbeiten musste ich ihm 5 und 5- geben, und seine Vokabeltests waren bisher alle 6."

„Ja, aber mündlich ist er doch gut. Ich meine, er meldet sich doch viel und kann sich gut ausdrücken."

„Woher wissen Sie das? Waren Sie schon mal in meinem Unterricht?"

„Nein, natürlich nicht, aber wir haben ein sehr gutes, offenes Verhältnis zu unserem Sohn. Er erzählt uns alles. Deshalb weiß ich auch, dass er im Unterricht sehr engagiert mitarbeitet."

„Als sehr engagierte Mitarbeit würde ich das nicht bezeichnen, wenn jemand grundsätzlich keine Ahnung hat, was gerade behandelt wird. Wie man sich meldet, hat ihm auch noch keiner erfolgreich beigebracht, und Zwischenrufe wie „Fucking French!" kann ich nicht unbedingt als hervorragende fremdsprachliche Leistung für Französisch verbuchen."

„Also, gute Frau Müller, ich glaube, Sie sehen das falsch. Wir haben jedenfalls einen ganz anderen Eindruck von unserem Sohn."

„Sie haben mich aber nach meinem Eindruck gefragt, und der ist so, dass ihr Sohn bei seinem derzeitigen Leistungsstand nicht versetzt werden kann. Da mir als Klassenlehrerin aus den anderen Fächern ähnliche Beobachtungen vorliegen – Mathe: 5, Englisch: schwach 4, Deutsch 4-, Physik 5…"

„Ach hören Sie doch auf! Wir wissen doch alle, wie Jungs in diesem Alter sind! Das wächst sich sicher noch aus."

„Entschuldigung, ich war noch nicht fertig! … wird er wohl die gymnasiale Laufbahn abbrechen und auf eine

Schulart mit passenderem intellektuellen Anspruch wechseln müssen."

Jetzt wird der Herr Professor hellhörig.

„Wir haben unser intelligentes Kind in Ihre Obhut gegeben, damit Sie ihm was beibringen. Also strengen Sie sich gefälligst an und lassen Sie sich was einfallen, wie Sie den Jungen motivieren können. Bei Ihrem langweiligen Unterricht ist doch klar, dass ein Junge mit Jan-Dominiks Potential geistig unterfordert ist."

„Ach, Sie waren also auch schon in meinem Unterricht?"

„Dazu muss ich Ihren Unterricht nicht gesehen haben. Jan-Dominik ist ein guter Beobachter und kann jeden einzelnen seiner Lehrer hervorragend nachahmen."

„Da bin ich aber beruhigt, was seine berufliche Zukunft betrifft. Da kann er, wenn alle Stricke reißen, doch immer noch Kabarettist werden!

„Nun hören Sie mir mal gut zu: Es ist Ihnen wohl nicht klar, wen Sie vor sich haben. Wir sind in der 5. Generation Akademiker, und mein Sohn wird auf jeden Fall Abitur machen und studieren, ob es Ihnen passt oder nicht. Machen Sie gefälligst Ihre Arbeit richtig, anstatt mit Ihrem Sozialneid Kindern aus gutem Hause die Zukunft zu verbauen."

„Als Vater von Jan-Dominik sollten Sie vorsichtig sein mit der Verwendung des Wortes „sozial" Wenn ich mal ganz offen sein darf – die sozialen Fähigkeiten Ihres Sohnes sind ebenfalls unterentwickelt, beziehungsweise nicht vorhanden. Seine Mitschüler behandelt er wie den letzten Dreck, vor allem zu den Mädchen ist er widerlich, und die Lehrer sind für ihn sowas wie Lakaien, die von den Steuern seines Vaters dafür bezahlt werden, sein widerwärtiges Verhalten zu ertragen."

„Was für einen Ton erlauben Sie sich? Ich werden mich höheren Ortes über Sie beschweren!"

„Tun Sie das ruhig. Ich bin Beamtin auf Lebenszeit. Bevor mir Beschwerden von Eltern eines versetzungsgefährdeten Schülers etwas anhaben können, muss ich schon mehr verbrochen haben, als nicht vorhandene Leistung mit "nicht ausreichend" bewertet zu haben."

„Leuten wie Ihnen kann man doch unseren Sohn nicht länger aussetzen. Wir werden uns auf jeden Fall Schritte vorbehalten."

Zwei Wochen später wird Frau Müller von ihrem Schulleiter zu einem Gespräch gebeten. Die Eltern Starkmann haben ihren Sohn abgemeldet. Er besucht ab sofort eine teure Privatschule mit Internat. Dort wird er einer von vielen reichen, aber geistig minderbemittelten Söhnen sein, die alle irgendwann mal ihr Abitur kriegen werden. Schließlich kann man alles kaufen, es ist nur eine Frage des Preises.

Der Schulleiter berichtet Frau Müller von den gegen sie vorgebrachten Beschwerden und bedankt sich ausdrücklich dafür, dass sie mit ihrem couragierten Einsatz ihre Schule von einem problematischen Schüler mit nervigen Eltern befreit hat.

LEHRERBESOLDUNG

Ich weiß gar nicht, was die Lehrer immer haben, von wegen, dass sie zu wenig Geld kriegen. Soweit ich das beobachte, sind Lehrer die letzten, die mehr Geld brauchen. Nehmen Sie mal meinen Nachbarn: Wenn ich den frage, ob er abends mal mitgehen will in der Kneipe ein paar Bierchen zu trinken, Fehlanzeige. Keine Zeit, muss noch was fertig korrigieren, muss noch was vorbereiten, muss noch Noten ausrechnen – irgendwas ist da immer. Der schmiert sich jeden Abend ein Käsebrot und stellt sich ein Glas Wasser neben den Stapel Hefte, wegen klarem Kopf und so. Da ist es keine Kunst, die Raten für das Häuschen zusammenzukriegen. Also ich als Nicht-Beamter, ich muss mich da ganz anders reinhängen.

Und wie der rumläuft! Jahraus, jahrein dieselben Jeans und derselbe Pullover. Also ehrlich, bei der Bank könnte der so nicht antreten, aber bei den Schülern ist es ja wohl egal. Er hat wahrscheinlich einfach keine Zeit hat zum Shoppen, vor allem seit die jetzt auf Ganztagsschule umgestellt haben. Der isst neuerdings sogar in der Schule, die haben da nämlich eine ganz tolle Mensa gekriegt, da dürfen auch die Lehrer essen, für 3,30 €, das ist doch kein Geld! So günstig kriegt meine Alte mich nicht satt, das kann ich Ihnen flüstern.

Aber wie Lehrer eben so sind, auch da muss er wieder meckern. Er behauptet, er kriegt bald ein Magengeschwür, weil er zwischen zwei Bissen immer mal schnell Schüler maßregeln muss, die schweinisch essen oder mit Pommes durch die

Gegend schmeißen. Ich sag ihm, lass sie doch, Erziehung ist doch Elternsache. Er darauf, im Prinzip ja, aber beim Essen haben die ja auch Messer, und wenn die damit aufeinander losgehen, musst du schon eingreifen. Kurz und gut, die Mittagspause ist keine Pause, sondern harter pädagogischer Einsatz.

Trotzdem, Lehrer haben es gut. Das Finanzamt weiß schon lange, dass Lehrer nicht mal ein Arbeitszimmer brauchen. Die haben doch in der Schule ihr Lehrerzimmer, da können sie korrigieren, solange sie wollen. Vor allem nach Schulschluss, da ist es dort schön ruhig. Da steht zwar keine Couch, aber wer braucht schon eine Couch? Wenn man da erst mal drauf festliegt, kommt man sowieso nur noch schwer wieder hoch. Also lieber gleich durchpowern. Die Lehrer, diese faulen Säcke, die könnten viel mehr erledigen, wenn sie nicht zwischen Unterricht und Elternabend immer erst nach Hause schlurfen würden.

Überhaupt, streng genommen brauchen sie nicht mal eine eigene Wohnung. Die haben in der Schule alles, was der Mensch so braucht: Verpflegung, Computer – man sagt sogar, der Trend geht zum Zweitcomputer im Lehrerzimmer –, auch diverse DVD-Player stehen rum, und wenn man Glück hat, findet man sogar einen, der funktioniert, falls man sich nach getaner Arbeit etwas Entspannendes anschauen will. Also ich würde mir schwer überlegen, ob ich nicht lieber gleich vor Ort bleibe, statt am nächsten Morgen im Stau zu stehen. In der Turnhalle sind Matten, man braucht nur noch in einen Schlafsack zu investieren, und schon ist das Problem des festen Wohnsitzes gelöst. Wer meint, er muss ab und zu mal duschen – nur zu, Warmwasser gibt es auch umsonst, man muss nur zusehen, dass man fertig ist, bevor die erste Sportstunde anfängt.

Für den Teamgeist wäre das auch ganz praktisch, wenn nicht nach dem Unterricht jeder gleich davonlaufen würde. Stellen Sie sich das nur mal plastisch vor, 50 Pädagogen aller nach Alter, sozialer Herkunft oder Fachgebiet unterschiedlichen Gruppen traut vereint auf dem Boden der gemeinsamen Turnhalle zur Nachtruhe versammelt, das schweißt doch ganz anders zusammen als die paar krampfhaften Konferenzen im Jahr.

Und vor allem würde man die Lebenshaltungskosten enorm senken, so dass das Gejammer über viel Arbeit und wenig Geld endlich mal aufhören würde. Ehrlich, ich kann's nicht mehr hören.

Die schönste Zeit des Jahres

WEIHNACHTEN ANTE PORTAS

An einem warmen sonnigen Nachmittag im September wurde Irene beim Einkaufen im Supermarkt ohne Vorwarnung von einem stark dosierten Adrenalinstoß erschüttert. Es war kurz vor der Kasse, und der Auslöser war ein dort strategisch günstig platziertes Produkt: Lebkuchen! Alles in Irene geriet in erhöhte Alarmbereitschaft: Ist es schon wieder so weit? Wie soll ich das bloß alles schaffen? Fluchtreflexe wurden ausgelöst – wo soll ich hin? Wer kann mich retten?

Völlig desorientiert schaute sie in ihren Einkaufswagen: Kartoffeln, Salatzutaten, Grillfleisch. Was soll ich denn damit? Wer kann denn noch ruhig im Garten grillen, wenn demnächst Weihnachten ist? Beinahe hätte sie den Wagen wieder ausgeräumt, um statt dessen Puderzucker, gemahlene Nüsse, Mandeln und Eier einzupacken und an der Fleischtheke die Weihnachtsgans zu bestellen.

Irene, reiß dich zusammen! ermahnte sie sich. Das kennst du doch inzwischen. Diese harmlosen Lebkuchen sind für die dankbaren Kunden aufgestellt, damit sie sich rechtzeitig auf die schönste Zeit im Jahr einstimmen können. Jaja, Irene wusste im Prinzip schon, was sich gehörte. Weihnachten war die Zeit des Friedens und der Freude, wenn alle sich unterm geschmückten Weihnachtsbaum trafen und sich gern hatten. Wenn man sich im weiteren Familienkreis besuchte und gemeinsam tafelte, bis die Nähte krachten. Wenn man seine Lieben und auch die weniger Lieben beschenkte, bis man pleite war. Weihnachten war das Fest der Feste, und wer das nicht trotz allem Jahr für Jahr immer wieder glaubte, mit dem stimmte ganz offensichtlich etwas nicht.

Irene fühlte mit zunehmendem Alter immer deutlicher, dass mit ihr diesbezüglich möglicherweise tatsächlich etwas nicht stimmte. Schon als Kind war das so. An den Weihnachtstagen lebte sie immer in der Angst, demnächst Scheidungswaise zu sein. Das fing an mit den Diskussionen der Eltern, wer wen wann dieses Jahr besuchen musste. Der erste Weihnachtstag für Oma und Opa, der zweite für Omi und Opi. Die Reihenfolge war ein sehr sensibles Thema. Wer musste die schwierige Tante Mia an Heiligabend nehmen, und was sollte es zu essen geben? Mama wollte alles richtig machen, und Papa war alles egal – Hauptsache, es hinderte ihn niemand daran, die Sportschau zu sehen. Mama regte sich auf, weil sich die obligatorische Weihnachtsfreude nicht termingerecht einstellen wollte, und meistens stand sie am 24. Dezember alleine in der Küche und heulte der Gans etwas vor. Die hatte es gut, die war wenigstens schon tot.

Und dann der Terror mit den Geschenken. Irene konnte sich an kein einziges Weihnachtsfest erinnern, bei dem es nicht irgendwann dicke Luft gab, weil unter dem hastig abgerissenen Geschenkpapier etwas zum Vorschein kam, das die hochgespannten Erwartungen nicht so richtig erfüllte. Tanta Mia war grundsätzlich verschnupft, weil nicht nur das Leben, sondern auch die Verwandtschaft ihre Ansprüche zu ignorieren pflegte. Schenkte Mama ihr einen Pullover, der ein bisschen zu eng oder zu weit war, verweigerte sie danach die Nahrungsaufnahme. Sie verschmähte ihren Anteil an der Gans und verlangte nach fettfreiem Naturjoghurt. Und sollte der Pullover wie angegossen passen, dann hatte er eben nicht die richtige Farbe oder der Kaschmiranteil war zu gering. Mama war auch nicht viel besser. Einmal hatte sie Papa vor dem Schaufenster eines Juweliers mitgeteilt, dass sie sich etwas für den Hals wünschte, und als er am Heiligen Abend mit einem Schal ankam, brach sie in Tränen aus. Papas unbeholfene Entschuldigung („Ich dachte, du willst deine Falten verstecken.") konnte den Weihnachtsabend nicht wirklich retten. Irene verbrachte den kläglichen Rest des schönsten Tages im Jahr damit, zu überlegen, bei wem sie wohl im Falle einer Scheidung wohnen würde.

Irene und ihre Geschwister schworen sich, mit diesem Zirkus aufzuhören, sobald sie flügge genug waren, um in einer eigenen Wohnung oder WG zu leben. Aber Anfang Oktober fing Mama an, das Fest zu planen. Alle sollten da sein, das gehörte sich einfach so an Weihnachten. Und so kamen sie weiterhin alle, setzten sich auf das Pulverfass mit dem schönen Namen „Frohe Weihnachten!" und plauderten mehr oder weniger geschickt um die großfamiliären Minenfelder herum. Die Gans konnte noch so gut gelungen sein, irgendjemand hatte immer ein noch besseres Rezept. Es wurde über Kalorien und Diäten geredet, über zu erwartenden oder ausbleibenden Kindersegen und über berufliche Erfolge und Pleiten. Versemmelte Prüfungen mussten geschickt verschwiegen werden, aber meistens bohrte jemand dann doch tief genug, um die Tatsache, dass der zukünftige Schwiegersohn schon wieder das Studienfach gewechselt hatte, wie eine seltene Trophäe triumphierend ans Licht zu zerren.

Nie wieder! Das beschloss Irene jedes Jahr erneut, aber sie schaffte es nicht, aus dieser Falle herauszukommen. Im Gegenteil, sie rutschte immer mehr in die Rolle, die früher ihre Mutter gehabt hatte. Jetzt war sie die Mama, die alles richten musste, die dafür sorgen musste, dass an Weihnachten alle kamen und traut vereint unterm Weihnachtsbaum feiern und streiten konnten. Eine Jahrtausende alte Tradition konnte man schließlich nicht so einfach über Bord schmeißen. Auch wenn man danach nervlich am Stock ging, der Haussegen tagelang von der Wand zu fallen drohte und man Magenschmerzen hatte vom Stress und vom vielen Essen? Nein!

An diesem Punkt ihrer vorweihnachtlichen Überlegungen angekommen, fühlte Irene, dass es Zeit war für den großen Befreiungsschlag. Bevor der Mut sie wieder verließ, setzte sie sich an ihren Computer und teilte über Facebook allen Menschen, die sie kannten und denen sie sich mehr oder weniger verbunden fühlte Folgendes mit: „Liebe Freunde und Verwandte in aller Welt, was mich betrifft, gibt es von diesem Jahr an kein Weihnachten mehr. Ich will keine Geschenke und werde meinerseits auch keine machen. Ich werde keine Karten schreiben, keine Gans braten und keinen Baum schmücken. Niemand muss mich besuchen oder einladen. Ich werde ganz stressfrei zu Hause sitzen und mich freuen, dass mich das alles nichts mehr angeht. In der Hoffnung auf euer Verständnis grüßt euch eure Irene."

Es war, als hätte sie zur Weltrevolution aufgerufen. Die Reaktionen waren so bunt und vielseitig wie die Menschheit. Es schrieben die unbeugsamen Traditionalisten: „Wie kannst du unsere deutsche Kultur so mit Füßen treten? Schließlich feiern wir die Geburtsstunde des christlichen Abendlandes. Ohne Weihnachten könnten wir genauso gut Heiden im Urwald sein." Irene antwortete: „Lieber ein ehrlicher Heide im Urwald sein, als das arme kleine Jesuskind als Alibi für Konsumterror und Völlerei zu missbrauchen!"

Es meldeten sich die aufopfernden Mütter: „Denkst du denn gar nicht an deine Familie? An Weihnachten sollte die Familie im Mittelpunkt stehen, sonst fällt doch alles auseinander." Irene schrieb zurück: „Und wie viele Familien auseinander fallen mit, trotz oder sogar wegen Weihnachten, darüber wissen die Notaufnahmen der Krankenhäuser Bescheid. Ganz abgesehen von den Menschen, die keine Familie haben und sich wegen des ganzen Getues an Weihnachten besonders einsam und minderwertig fühlen."

Und hier ein besonderes Schmankerl von jemandem mit einer merkwürdigen Vorstellung von sozialer Verantwortung: „Ist dir eigentlich klar, wie viele Arbeitsplätze deine egoistische Konsumverweigerung kaputt macht?" Hier wurde Irene richtig giftig: „Soll ich mich vielleicht im Interesse der deutschen Wirtschaft tot saufen oder krank fressen und durch meine Geschenke die Müllberge vergrößern?"

Manche hatten auch einen psychologischen Ansatz zur Bewältigung von Irenes offensichtlichem Problem: „Du Arme! Ich wusste gar nicht, wie groß deine familiären Probleme sind, dass du zu solch drastischen Mitteln greifen musst. Möchtest du darüber reden? Du weißt, ich bin immer für dich da." Jaja, dachte Irene, du neugierige Zicke witterst mal wieder einen Skandal, an dem du dich ergötzen kannst. Ihre Antwort war etwas gemäßigter: „Liebe Marianne, danke für deine fürsorgliche Teilnahme. Allerdings musst du wissen, dass man eine Entscheidung von dieser Tragweite nur mit der vollen Unterstützung der Familie im Hintergrund treffen kann. Mach dir also um mich keine Sorgen. Ich könnte mir übrigens vorstellen, dass jemand mit deinem psychologischen Gespür am Weihnachtsabend gut gebraucht werden könnte, um das Personal der Notaufnahmen in den Krankenhäusern zu unterstützen oder bei der Bahnhofsmission mitzuhelfen, vorausgesetzt natürlich, deine Familie kann sich ausnahmsweise mal selber was kochen."

Es kamen auch positive Rückmeldungen. Man begrüßte Irenes Vorstoß als Beitrag zur Rettung der Tannenwälder. Der gesundheitliche Nutzen, der durch den Verzicht auf weihnachtliches Schlemmen entstand, wurde lobend hervorgehoben. Bei Irenes Familie war durchaus Erleichterung zu spüren bei der Aussicht, dass der weihnachtliche Ausnahmezustand mit all seiner emotionalen Last diesmal nicht eintreten würde. Und vielleicht gab es unter den vielen, die entsetzt auf Irenes Weihnachtsboykott reagierten, auch die eine oder andere Familie, bei denen es immer nur Friede, Freude, Eierkuchen gab. Obwohl – mal ganz ehrlich: Kennen Sie so eine – außer Ihrer eigenen natürlich?

CHRISTKIND, WEIHNACHTSMANN & CO

Für die kleinen Erdenbürger bringt die Vorweihnachtszeit eine Reihe von verwirrenden Eindrücken. Es stellt sich zum Beispiel die hochwichtige Frage, wer denn nun eigentlich für die Beschaffung und korrekte Zustellung der Geschenke zuständig ist. Da ist erst einmal der alte Mann im roten Mantel mit weißem Rauschebart – der sogenannte Weihnachtsmann. Woher sollen kleine Kinder denn wissen, dass der eigentlich ursprünglich nur Reklame für Coca-Cola machen sollte, bevor ihm die Seligkeit sämtlicher Kleinkinder im christlichen Kulturkreis aufs Auge gedrückt wurde.

Nun ja – er konnte sich ja einiges beim Nikolaus abgucken, auch ein alter Mann mit einem Sack voller Geschenke. Ganz früher hatte er in eben diesem Sack nur Äpfel und Nüsse. Aber damit lockt man heutzutage den Nachwuchs nicht mehr hinterm Ofen vor oder vom Tablet weg. Heute müssen da schon andere Größenordnungen herhalten, so dass er den ganzen Kram in der Regel auch nicht eigenständig befördern kann, sondern einen Helfer braucht, den Knecht Ruprecht. Der war allerdings in früheren Zeiten auch nicht ohne, denn neben dem Sack voll mit guten Gaben trug er auch noch eine Rute bei sich. Man mag es kaum noch glauben, aber Kinder, die nicht das ganze Jahr über brav gewesen waren – also im Klartext alle – konnten statt leckeren Dingen schon mal ein paar Hiebe mit der Rute übergezogen bekommen.

Diese martialischen Methoden der Kindererziehung gehören natürlich längst der dunklen Vergangenheit an. Kein Kind benimmt sich aus Angst vor Knecht Ruprecht besser. Außerdem ist er ohnehin den Personaleinsparungen wegen Fachkräftemangels weitgehend zum Opfer gefallen. Heute muss eher der Nikolaus aufpassen, dass er bei den lieben Kleinen nicht in Ungnade fällt, weil es mit den Geschenken doch nicht ganz so haarscharf passt.

Aber Nikolaus und Ruprecht sind ja auch nur die Generalprobe für Weihnachten. Und jetzt wird es richtig kompliziert. Je nach Milieu oder regionalem Umfeld muss sich das Kind jetzt auch noch mit dem Christkind bekannt machen. In einer religiös geprägten Umgebung wird das Kind schon früh wissen, dass das Christkind identisch ist mit dem biblischen Jesuskind, dessen Geburtstag eben an Weihnachten gefeiert wird und dem wir so indirekt auch unsere Geschenke verdanken. Die Verknüpfung des ideellen Erlösungsgedankens mit den materiellen Aspekten des Weihnachtsfestes geschah schleichend und verlagerte sich mit zunehmendem Wohlstand immer mehr zu den käuflichen Wohltaten. Auch der Zusammenhang zwischen Wohlverhalten – möglichst ganzjährig – und der Fülle der Gaben unterm Weihnachtsbaum scheint keine Rolle mehr zu spielen.

Egal was Bildungsexperten meinen herausgefunden zu haben, Kinder sind ja von Natur aus nicht dumm. Sie machen sich durchaus über diverse Phänomene des Lebens ihre eigenen Gedanken, die von der reichen Fülle ihrer immerhin schon mehrjährigen Lebenserfahrung inspiriert sind. Nehmen wir doch nur mal das Christkind in seiner ihm von den Erwachsenen angedichteten Rolle als Lieferant von teilweise doch recht voluminösen Geschenken. Das Christkind ist ja in seiner weihnachtlichen Erscheinungsform ein Baby. Oft liegt es von Ochs und Esel flankiert und von Maria und Josef betreut in einer Krippe.

Babys sind klein und schwach, das weiß jedes Kind mit jüngeren Geschwistern aus bitterer Erfahrung. So ein Baby ist aus kindlicher Sicht zu nicht viel zu gebrauchen. Es schläft oder schreit, und die Eltern müssen sich immer um es kümmern, so dass für die Großen auf einmal nicht mehr viel übrig bleibt. Man kann nicht mit ihm spielen und nur hoffen, dass es schnell groß wird. Und so ein hilfloses Baby soll eine ganze Spielzeugeisenbahn herschaffen können? Mal ganz abgesehen davon, dass es erst mal schon gar nicht versteht, dass der Große eine solche Eisenbahn auf seiner Wunschliste hat. Da wird doch die Bereitschaft, sich auf den christlichen Glauben vertrauensvoll einzulassen, stark strapaziert.

Auch im Zusammenhang mit dem Weihnachtsmann muss sich die kindliche Logik starken Herausforderungen stellen. Geht das Kind in der Adventszeit mit seinen Eltern durch die Fußgängerzone, muss es sich doch sehr wundern über die hohe Zahl an Weihnachtsmännern. Vor jedem zweiten Geschäft steht so ein rotweißer Rauschebart und verteilt Süßigkeiten an die lieben Kleinen. Fazit: Es kann also nicht nur den einen einzigen Weihnachtsmann geben. Das ist insofern auch wieder beruhigend, als das kindliche Gemüt nicht in Panik geraten kann bei dem Gedanken, der Weihnachtsmann könnte vor lauter Überlastung an Heiligabend nicht überall vorbeikommen.

Für Panik sorgt eher ein anderes Phänomen. Das weihnachtliche Schmücken der Häuser beschränkt sich ja nicht nur auf jahreszeitlich passende Beleuchtung, z.B. mit Lichterketten umrahmte Rentiere und dergleichen. Besondere Witzbolde lassen lebensgroße Weihnachtsmannfiguren an der Regenrinne hochklettern oder über das Balkongeländer steigen. Da fragt sich das mit großen Augen staunende Kind: Ist der Weihnachtsmann denn im Nebenberuf auch noch Einbrecher? Klaut der womöglich in einem Haus die schönen Sachen, die er dann im andern als Geschenke abliefert? Krieg ich dann vielleicht die Eisenbahn von Simon von nebenan, wo ich doch eine viel größere haben will? Sorgen über Sorgen!

Aber irgendwann überstehen sie es alle, so wie Paula und Jens. Bei denen kam jedes Jahr der Nikolaus zufällig dann, wenn Papa mal kurz im Keller war oder Zigaretten holen musste. Die Kinder bedauerten ihn dann hinterher immer: „Oh Papa, du hast den Nikolaus verpasst!" Bis zu dem Jahr, in dem Paula, das ansatzweise lesekundige Vorschulkind, auf einem der Geschenke den Aufkleber vom örtlichen Spielwarenladen entzifferte und mit der Bemerkung kommentierte: „Schau mal, der Nikolaus kauft auch bei Kroll!" Worauf der kleinere Jens noch einen draufsetzte: „Und außerdem hat er die gleichen Hausschuhe wie Papa."

MARSMÄNNCHENS WEIHNACHTS-LIED

Wenn ich von hier aus luftiger Höh
auf die Erde runterseh,
weiß ich gleich: Es ist so weit
es ist mal wieder Weihnachtszeit.
Die Menschen spielen ganz verrückt,
teils weil gestresst, teils weil entzückt.
Sie müssen durch Geschäfte laufen
und für jeden noch was kaufen.
Oft ist es nur der letzte Mist -
man kauft es nur, weil Weihnachten ist.
Aus der Zeitung kriegt man mit,
dass der deutsche Mensch im Schnitt
für Geschenke zu dem Fest
500 Euro springen lässt.
Da will man sich nicht lumpen lassen
und macht halt mit bei all dem Prassen.

Ob die ganzen Guten, Frommen
auch das andre mitbekommen,
was man von hier oben sieht?
All die Armen, Kranken, Alten,
die von keinem was erhalten,
um die keiner sich bemüht?
Kinder, die statt reicher Gaben

nur vor allem Hunger haben?
Die Obdachlosen, die erfrieren,
weil andre nur nach noch mehr gieren?

Nun werf ich auch mal einen Blick
auf die große Politik:
In dem ganzen Weihnachtstrubel
hör ich der Waffenlobby Jubel,
die um goldne Kälber tanzen,
sich freuen über die Bilanzen.
Die Geschäfte prima laufen:
Alle Welt will Waffen kaufen.
Es geht ja nicht mal mehr um Siege -
Hauptsache, wir haben Kriege.
Es zischt und kracht in allen Ecken.
Dass Menschen elend da verrecken,
das trübt die Weihnachtsfreude kaum.
Die Wirtschaft boomt – es ist ein Traum!
Uns geht es gut, wir sind so froh
und wieder geht es weiter so.
Ich kann dahin nicht länger schauen
und wende ab mich voller Grauen,
such mir `nen anderen Planeten,
denn hier hilft nicht einmal mehr Beten.

Moderne Zeiten

DENGLISCH FÜR OLDIES

Nichts gegen die englische Sprache – sie ist ein hervorragendes Mittel für die weltweite Verständigung unter Menschen, die jeweils die Muttersprache ihres Gegenübers nicht beherrschen. So kann man sich z.b. als Deutscher problemlos sowohl mit Chinesen als auch mit Finnen auf Englisch unterhalten. Mit Engländern selbst gelingt das in der Regel nicht so gut, da sie Wert darauf legen, eine Art von Englisch zu sprechen, die nur Eingeborene verstehen und zur Abgrenzung und Abschreckung von Ausländern dient. Denen wird damit suggeriert, dass sie mit ihrem gepflegten Schulenglisch nicht weit kommen. Dies wird nämlich innerhalb Englands nur von den BBC-Sprechern und angeblich der Königin gesprochen.

Das ist jedoch nicht mein Thema. Hier geht es darum, warum neuerdings Unterhaltungen zwischen ausschließlich deutschen Muttersprachlern nicht mehr ohne Englisch auskommen. Sorry, dafür fehlt mir einfach das feeling. Auch wenn viele jetzt im Lockdown sind und am Laptop Home Office machen, oft noch kombiniert mit home-schooling (das nennt sich übrigens multi-tasking) und sich höchstens mal einen Chat auf Whatsapp zum Relaxen gönnen. Wenigsten haben sie da noch ihren safe space. Ich übersetze das mal schnell für alle, die schon über 50 sind: Es tut mir leid, dass mir für die vielen englischen Ausdrücke das Verständnis fehlt. Die Wirtschaft liegt am Boden, weshalb viele Arbeitnehmer jetzt zu Hause am tragbaren Rechner arbeiten, nebenher ihre Kinder unterrichten und nur noch am Mobiltelefon ab und zu entspannt mit ihren Freunden plaudern, denn nur zu Hause haben sie eine sichere Umgebung. Uff! Sind zwar ein paar Wörter mehr, aber wenigstens generationenübergreifend verständlich – so viel Zeit muss sein!

Wegen der Kontaktbeschränkungen werden jetzt auch viel mehr Selfies gemacht und bei Facebook gepostet oder an eine Mail drangehängt. Da gibt es schon den totalen overload. Bewegung an der frischen Luft ist übrigens zwar noch erlaubt, aber total out und sowas von uncool. Außerdem heißt das jetzt outdoor activities.

Junge Familien scheinen besonders vom Denglischfieber infiziert zu sein. Was ein Baby ist, weiß natürlich jeder. Aber mit zunehmendem Alter sind Kinder dann in gewissen Kreisen ausschließlich Kids. Und wenn die Mutter dann ihre Kids im SUV zur Kita fährt, heißt das nicht etwa, dass sie besoffen fährt. Nein, das ist mal wieder Englisch und kommt von sport utility vehicle, also sportliches Fahrzeug mit praktischem Nutzwert.

Mein spezielles Lieblingswort ist shopping oder noch besser: shoppen gehen. Aber Vorsicht: Das hat nichts mit dem Frühschoppen in der Kneipe zu tun. Und man kann es auch nicht schlicht mit „einkaufen" übersetzen. Einkaufen tut man, wenn man gezielt loszieht, um lebensnotwendige Dinge für den täglichen Bedarf und die Nahrungszubereitung zu besorgen. Nein „Shoppen" ist sowas wie Lifestyle. Man schlendert durch die Fußgängerzone. Dass die noch so urdeutsch heißen darf, wundert mich eigentlich. Vielleicht hab ich da einen wichtigen Entwicklungsschritt übersehen. Zurück zur besagten Fußgängerzone. Die zeichnet sich aus durch eine Vielzahl von Geschäften und Geschäftchen, vorwiegend für Klamotten und oft mit nahezu identischem Angebot. Wer shoppt, unterliegt nicht unbedingt dem Zwang zur Behebung eines Mangels, sondern braucht Hilfestellung bei der Steuerung seiner Wünsche. Also geht man (oder vielmehr meist eher frau) in die Shops und probiert Klamotten an (die heißen dann nicht nur Jeans, T-Shirt oder Sweatshirt, sondern ordnen sich auch noch ein unter die Oberbegriffe sportswear, nightwear, homewear etc.). Diese Klamotten also unterscheiden sich kaum von denen, die schon im Schrank hängen. Dann wird der Schrank voller und das Konto leerer – eine Form von work-life-balance vermutlich.

Jetzt im Lockdown wird das Shoppen notgedrungen auf online umgestellt. Aber findige Werbeexperten preisen für die Zeit nach dem Lockdown jetzt schon das ultimative Einkaufserlebnis an – korrekt heißt das dann „life shop event". Wenn dabei dann die Erschöpfung droht und man die kostbare shopping time trotzdem nicht vertrödeln will, kann man an jeder Ecke einen coffee to go bekommen – der kommt übrigens nicht unbedingt aus Togo. Und weiter geht's, in der einen Hand den Pappbecher mit dem Kaffee, in der andern einen Muffin oder einen Bagel – die gute, alte Schwarzwälder Kirschtorte hat ausgedient und wird wegen Lockdown zur Zeit sowieso nicht angeboten. Die wäre ja auch dem richtigen BMI nicht zuträglich (body mass index – magische Zahl, die aussagt, ob man sich eventuell schon im Bereich starkes Übergewicht befindet).

Übrigens ist das schlichte Wort „Essen" kaum noch zu hören. „Food" ist jetzt angesagt in Form von Fastfood (es gibt allerdings auch schon die Gegenbewegung slow food), finger food, party food. Ja, bei den Engländern gibt es sogar zur Abgrenzung von dem abartigen Fertigfraß frisch aus der Fabrik den Begriff „real food". Bei meiner Recherche stieß ich dann darauf, dass es sich hierbei um Lebensmittel handelt, die tatsächlich schon mal mit Erdboden in Verbindung gekommen sind, anstatt bereits in Plastikmüll verpackt in die Regale der Supermärkte gesprungen zu sein.

Das Wort „Laden" hat ebenfalls ausgedient. Ein Laden, in dem es Backwaren gibt, heißt jetzt Backshop. Backshops sind übrigens nicht in Hinterhöfen zu finden, sondern ein schönes Beispiel für Sprachpanscherei. Oder soll man es als internationale Zusammenarbeit interpretieren? Mit den Engländern ja wohl eher nicht mehr jetzt nach vollzogenem Brexit. Friseure haben jetzt einen Hairshop, manchmal heißt der dann „Hair and style", zum Schneiden von Fingernägeln geht es zu „Nails and more", und in den IT-Shops trifft man oft auf arrogante junge Männer, die außer von Computern von nichts eine Ahnung haben und denen man als hilflose Oma am besten aus dem Weg geht.

Auch Berufsbezeichnungen sind vor dem Englischfieber nicht sicher. Manager gibt es schon lange, die IT-Experten habe ich erwähnt. Menschen, die ihre alten oder kranken Angehörigen pflegen oder ihre Kinder nebenbei großziehen, sind mit Care-Arbeit zugange. Aber wissen Sie auch, was ein (wahlweise auch eine) health community nurse ist? Nein? Ich verrate es Ihnen: Das ist die gute alte Gemeindeschwester oder auch Dorfhelferin. Zumindest muss der Name nicht gegendert werden, denn ein/e nurse kann ohne sprachliche Probleme auch ein Mann sein.

Wer allerdings zum Mainstream gehören will, kommt um das Wort „woke" nicht mehr herum. Ganz richtig geraten: Es hat etwas mit wach sein zu tun. Und das ist nicht nur das Gegenteil von schlafen, sondern verlangt auch noch nach einer ganz bestimmten Art von Wahrnehmung unserer Umgebung. Eine woke Person ist sozusagen immer auf der Suche nach etwas, das verboten werden müsste. Damit sind wir auch schon bei der cancel culture. Kinderbücher aus alten Zeiten sind heutzutage einfach nicht mehr tragbar. „Was kann der arme Mohr dafür, dass er so weiß nicht ist wie ihr?" Ist so ein Satz nicht unglaublich? Dabei müsste es mittlerweile schon eher heißen: Was kann der gutsituierte weiße alte Mann dafür, dass er nicht farbig, schwul oder sonstwas ist, weswegen man ihn ab sofort nicht mehr diskriminieren darf.

Englisch hat ja, außer den ganz Uralten, so gut wie jeder in der Schule mal gelernt. Leider ist bei vielen davon nichts so richtig hängen geblieben. Trotzdem fühlen gerade die sich bemüßigt, Zeitungsartikel online auf Englisch zu kommentieren. Das kommt dann raus: „Dont Panik" – zwei Wörter, drei Fehler. Zum Glück bin ich schon pensioniert!

DER ALTE FRITZ

Fritz ist noch einer vom alten Schlag. Mit großer Sorge verfolgt er den Zerfall der guten Sitten in seiner näheren und weiteren Umgebung. Seit er Rentner ist, hat er dazu endlich mal genug Zeit. Wenn er mit seinem Dackel Waldi Gassi geht, vergisst er nie, einen Notizblock und einen Stift mitzunehmen, um alles zu notieren, was nicht 100%ig den geltenden Vorschriften entspricht. Einer muss sich schließlich darum kümmern, dass Deutschland nicht völlig vor die Hunde geht.

So bekommt er täglich eine beachtliche Liste von falsch geparkten Autos zusammen oder solchen Betrügern, die nichts in die Parkuhr werfen. Auch hat er es zu einer gewissen Routine gebracht, was die Einschätzung der gefahrenen Stundenkilometer betrifft. Er wohnt schließlich in einer 30-er Zone, und da soll sich gefälligst jeder dran halten. Ab geschätzten 35 landet er auf Fritzens Liste, und diese wird einmal – bei höherem Verkehrsaufkommen eventuell auch zweimal – täglich bei der örtlichen Polizeidienststelle gemeldet. In flauen Zeiten kontrolliert er gelegentlich die Mülltonnen auf richtiges Sortieren, und er verpetzt auch Hundebesitzer, welche die Verdauungsprodukte ihrer Lieblinge nicht ordnungsgemäß in die mitgebrachte Tüte räumen.

Mit der Corona-Pandemie kommt Fritz bestens zurecht. Hier fühlt er sich trotz seines Alters nochmal so richtig gefordert. Jeden Abend sitzt er sabbernd vor den Fernsehnachrichten und notiert sich die neuesten Corona-Beschränkungen. Für die einen sind das Ärgernisse, aber für Fritz ist das wie Weihnachten und Ostern zusammen: So viele Möglichkeiten, jemanden beim Übertreten zu erwischen!

Soso, die Leute sollen also nun auch innerhalb von Deutschland nicht mehr reisen. Da muss Fritz doch gleich nochmal los und in der Nachbarschaft kontrollieren. Schon nach ein paar Schritten wird er fündig. Steht doch glatt vor Schmidts Tür ein Auto mit auswärtiger Nummer! Da wird doch sofort ein Anruf beim Ordnungsamt fällig. Das Ordnungsamt, findet er, ist eine sympathische Behörde. Mit denen arbeitet er gerne zusammen, auch ehrenamtlich. Die kennen ihn auch schon beim Namen und freuen sich täglich auf seine Meldungen. Spart denen ja auch eine Menge Arbeit.

Seit man sich nur noch mit einer einzigen Person aus einem andern Haushalt treffen darf, kommt Fritz kaum noch zur Ruhe. Selbst Waldi hat schon gestreikt, wenn er öfter als fünfmal Gassi gehen soll. So viel kann ein kleiner Dackel gar nicht trinken, wie sein Herrchen kontrollieren will. Also schleicht Fritz gelegentlich auch ganz alleine um den Block. Wie soll er denn sonst mitbekommen, wer alles kriminelle Kontakte pflegt?

Wenn Fritz mit Waldi im Park spazieren geht, achtet er auch sehr auf das Einhalten der Abstandsregel – vor allem bei anderen Leuten. Das geht doch nicht, dass da zwei zusammen auf einer einzigen Bank sitzen. Da muss Fritz gleich hingehen und die Familienverhältnisse klären. Denn es darf nur nebeneinander sitzen, wer demselben Haushalt angehört. Leider ist Fritz überzeugt, dass er bei seiner ehrlichen Kontrollarbeit nach Strich und Faden angelogen wird. Die wollen ihm ja nicht einmal die Heiratsurkunde zeigen, wenn er berechtigte Zweifel äußert. Manchmal ist er richtig fertig, wenn er vom Dienst nach Hause kommt. Ob das auch schon ein coronabedingter Kollateralschaden ist?

Was hat sich Fritz gefreut, als die Maskenpflicht auch im Freien eingeführt wurde. Vorher konnte er ja nur beim Einkaufen gelegentlich jemanden runterputzen, dessen Maske Mund und Nase nicht korrekt und vollständig bedeckte. Denen hat er aber was gehustet, von wegen egoistischer Gefährdung von Risikogruppen. Einmal hat ihm doch tatsächlich so ein junger Schnösel empfohlen, zu seinem eigenen Schutz zu Hause zu bleiben und die Klappe zu halten, damit ihn der Sensenmann nicht doch noch vorzeitig erwischt.

Das mit demselben Haushalt hat sich allerdings als ziemlich schwierig herausgestellt. Neuerdings darf nämlich immer nur eine einzige Person aus einem Haushalt einkaufen. Da ist schon höhere Psychologie nötig, wenn zwei nebeneinander auf dem Markt stehen und dann ganz frech leugnen, sich zu kennen – von Verheiratetsein mal ganz zu schweigen. Da sind echte detektivische Fähigkeiten nötig, die Fritz natürlich quasi von Geburt an besitzt. Neulich hat er mal zwei Gestalten den ganzen Vormittag über beschattet. Zuerst standen sie gleichzeitig beim Gemüsestand (zugegebenermaßen mit dem vorgeschriebenen Mindestabstand), dann hatten sie wohl beide im gleichen Moment Lust auf ein Fischbrötchen. Aber als sie dann beim Käsestand immer noch quasi unzertrennlich waren, wartete Fritz nur noch auf eine unbedachte, intime Äußerung, um dann rechtmäßig zuschlagen zu können. Aber bevor es so weit kam, schnauzte ihn der Mann an, er solle gefälligst zwei Meter hinter ihm warten, bis er dran war. Jaja, der Gerechte muss eben viel leiden, und manchmal sogar an seinen eigenen Waffen.

Dabei setzt Fritz bei seinen Einsätzen sogar sein Leben aufs Spiel, so dicht wie er gelegentlich an die potentiellen Virenschleudern ran muss. Aber glaubt ihr, das dankt ihm jemand? Sogar die Leute vom Ordnungsamt und von der Polizei haben ihm schon angedeutet, dass sie derzeit keinen Bedarf an informellen Mitarbeitern haben. Allerdings hätten sie schon eine Akte über ihn. Das hat Fritz dann doch beruhigt. Er wartet jetzt darauf, dass sie tatsächlich ohne seine Hilfe nicht mehr weiterkommen und ihn kleinlaut zur Verstärkung anfordern. Dann kommt seine große Stunde!

DAS STERNCHEN

Verehrte Leser*innen, Sie haben mein volles Verständnis, wenn Sie bei dieser korrekt gegenderten Anrede entnervt den Text wieder zur Seite legen.

70 Jahre meines Lebens habe ich als Frau zufrieden zugebracht. Ich durfte Abitur machen, studieren und den von mir selbst ausgewählten Beruf jahrzehntelang mit Lust und Liebe ausüben – und das sogar mit Familie. Ich hatte überhaupt nicht mitbekommen, was für ein unterdrücktes, benachteiligtes und geknechtetes Wesen ich war, so unemanzipiert und in gnädiger Unwissenheit über die schreiende Ungerechtigkeit, die allein schon in dem Wort „der Mensch" besteht, weil ihm nicht auch noch „die Menschin" zur Seite gestellt wird.

Aber damit ist jetzt Schluss! Die Hälfte der Welt gehört schließlich den Frauen. In manchen Bereichen wird das schon ganz gut berücksichtigt. Gelegentlich gibt es neben Ampelmännchen auch schon mal ein Ampelfrauchen. Auf manchen Radwegen findet man/frau tatsächlich bisweilen Schilder von Fahrrädern mit tiefem Durchstieg. Nebenbei bemerkt grenzt das schon wieder an Diskriminierung – als seien wir Frauen so unsportlich, dass wir es nicht über eine etwas höher gelegte Stange schaffen!

Ja, und dann die Frauenquoten. Im Umkehrschluss wird daraus die Quotenfrau – ein Wort, bei dem immer schon der Verdacht mitschwingt, dass die Gute ihren qualifizierten Job nicht wegen ihrer Fähigkeiten bekommen hat, sondern nur weil die Quote noch nicht ganz erfüllt war.

Dazu kann ich nur sagen: schauen Sie sich mal die Leute an, von denen wir regiert werden. Da wird schnell klar, wie sehr die flächendeckende Unfähigkeit grassiert, ganz unabhängig von der Geschlechtszugehörigkeit. Ob jetzt eine Dame zuerst die Bundeswehr schrottet und danach zur Belohnung die EU kaputt machen darf, oder ein Herr bei der Verteilung der Coronahilfen den Überblick über Billionen von Steuergeldern verliert – da ist die geschlechtliche Zugehörigkeit und die korrekte Anrede wahrhaftig von untergeordneter Bedeutung. Da hilft auch keine Quote mehr.

Ein Gendersternchen allerdings auch nicht. Im Gegenteil, das korrekte Gendern ist eine gigantische Nebelkerze, die von den echten, aktuellen Problemen ablenken soll. Die vielen Frauen in prekären Arbeitsverhältnissen haben deswegen keinen einzigen Euro zusätzlich in ihrer Lohntüte.

Wer über den Tellerrand in die schöne, bunte Welt blickt, kann viel erfahren über den Umgang, den manche Kulturen mit ihren Frauen pflegen: Da werden Frauen beschnitten, zwangsverheiratet und gegebenenfalls auch mal totgeschlagen – sind natürlich alles nur Einzelfälle. Man sollte darüber eigentlich gar nicht sprechen, sondern sich freuen, dass diese bunte Welt mit ihrer vielseitigen Andersartigkeit unseren spießigen Alltag bereichert. Zum Glück sind sie jetzt bei uns und können es endlich mal schön haben. Die freuen sich bestimmt riesig über ein Gendersternchen!

Oder fällt den militanten Kämpferinnen für korrektes Gendern noch etwas anderes ein, um das real existierende Elend dieser Frauen zu beenden? Wahrscheinlich nicht, denn sonst müsste man mal ganz deutlich sagen dürfen, dass wir nicht jede fremde Kultur mit offenen Armen aufnehmen müssen, wenn sie die bei uns geltenden Regeln für das menschliche Miteinander dermaßen mit Füßen tritt. Da weicht man dann doch lieber auf den Nebenschauplatz des korrekten Genderns aus und bleibt unangreifbar.

Was allerdings leider nicht unangreifbar bleibt, ist die deutsche Sprache, früher einmal auch bekannt unter der Bezeichnung „Sprache der Dichter und Denker". Heute muss es schon eher heißen „der selbsternannten Richter und Stänker". Nehmen wir doch mal meinen Lieblingsdichter Friedrich Schiller mit seiner Menschenkenntnis und Lebenserfahrung: „Gefährlich ist's, den Leu zu wecken, verderblich ist des Tigers Zahn. Jedoch der schrecklichste der Schrecken, das ist der Mensch in seinem Wahn." Und jetzt lassen wir mal unsere modernen Sprachexperten sich damit befassen: „ … das ist der/die Mensch*In (männlich/weiblich/divers) in seinem/ihrem Wahn." Zumindest versteht jetzt jeder, was Wahn ist, aber alles andere ist reif für die Müllabfuhr.

Obwohl mir für meine private Kommunikation diverse Sprachen zur Verfügung stehen und auch mein sogenanntes Hochdeutsch meine schwäbischen Wurzeln nicht verleugnen kann, werde ich bis zum letzten Atemzug die deutsche Sprache gegen das missbräuchliche Gendern verteidigen. Und ebenso werde ich unsere real existierenden Frauenrechte gegen Einflüsse aus Kulturen, in denen Frauen nicht die ihnen gebührende Wertschätzung erfahren, zu schützen versuchen. Meine Nachkommen sollten auch noch wissen, was man unter dem Recht versteht, ein freies, selbstbestimmtes Frauenleben zu führen.